十七歳

その究極の愛の体験

関口 多景士
Takeshi Sekiguchi

文芸社

1

伶子は、楽しい食事だった。まだ五、六回目だったが、夫に申し訳ないと思う気持が、次第に薄れてゆくのがわかっている。あんなに好きだった夫と、顔も性格もずいぶん違うこの男をどうして好きになったのだろうと自分でも思う。自分の皿にある肉一切れを、相手の皿に移した。これは癖というか、伶子の愛情の表現でもあった。家庭では息子の佑多には肉を多くし、夫の皿には野菜を多くした。肉を欲しそうな顔をする夫の皿に自分のを乗せるやいなや、夫はぱくっと口に運んだが、今の男は皿に移したままだった。

その二人の様子を、佑多は見ていた。

佑多は、近頃不登校だった。原因は苛《いじ》めである。母にもそれは伝えてある。母もどうしようもなく、近頃は登校しろと言わなかった。伶子は、登校しなくても勉強はすると言う息子を信じていた。

佑多は、近頃の母の変化に気付いていた。三カ月程前から化粧が濃くなり、残業が多くなった。その夜は高いケーキを佑多に買ってきて、言葉も軽くなり、心の弾みがわかった。

一日、佑多は会社の引け時、玄関の椅子で人待ち振りで新聞を読んでいた。Yシャツにネクタイで、高校生の姿ではなかった。

母が出てきた。後を付けた。駅近くの洒落たレストラン、コンパルシータに入った。一番奥の席に近付いた。男が座っていた。母の顔が崩れて、向かい合わせの椅子に座る。二人の動作から、親密の濃さが察せられた。佑多はレジに近い、鉢のある席に座った。そこだと向こうから隠れている。メニューを見ても、どういう品なのかわからない。父譲《ゆず》りの好きなハヤシライスがあった。値段も一番安い。それを注文した。

佑多は、母がどうしてあんな男をと不思議に思った。父は、性格も顔形も直ぐ父子とわかるくらい祖父に似ていて、ラグビーの中田そっくりだと近所の人にも言われた。確かに顔形もそっくりだが、目は中田よりももっと鋭いかも知れない。だが話していると、その鋭さの中から柔らか味というか、愛情の温か味が出てきた。父は中学と高校時代剣道とラグビー、大学予科では少し剣道だけを続けたが、筋肉質で、贅肉は一グラムもない体型であった。

今母と向かい合っている男は、柔らかい贅肉で体形は豊か。離れて見る顔は緩んで馴れ馴れしさ一杯の表情の中に、蛇のような執拗《しつよう》な目が、時々ぞっとする怖さを見せた。佑多は、母が何故こんな男を好きになったか、不思議に思った。父に似たタイプの人に出会って、好きになるならわかる。昔の母の好みでもない男に、媚を見せている気持がわからなかった。母が、大きなバッグから茶封筒を出した。その形から札束だなと思った。男は中身を引き出して見た。佑多は、札束を三つと見た。

二人は立ち上がった。レジへ来る。佑多は新聞で顔を隠した。支払いは、母がした。一万円と二、三枚の千円札を出した。母と男は、裏通りに進んだ。暗い所へ入ると、母は男の腕に自分の腕を通した。二人は、それとわかるホテルの門を潜った。

佑多は、帰りの電車の中で、だんだん腹が立ってきた。あの様子では、母は俺を捨てる気になったな、と考えざるを得ない。佑多は腹が立つと、腹が空く。冷蔵庫には、佑多の夕食が入っている。だが、もう母の作った物なんか食うまいと思った。駅を下りて、スーパーで、ラーメンと小さいサンドイッチを買った。

ラーメンに湯を入れ、サンドイッチと交互に食べた。サンドイッチのケースも、ラーメンの丼もわざとテーブルの上に置いて、二階に上がった。

ベッドに頭の下で手を組み、さてどうするかと初めから考え直すことにした。

佑多は、昨年起こった金属バット事件と言われる犯罪と、山口市で母親を殺害した中学卒の少年を思い出した。

先の金属バットの少年は、岡山県内の県立高校の三年男子生徒（十七歳）が、金属バットで下級生を殴り、四人に重軽傷をおわせ、家に帰って母親をもバットで殺害してから、自転車で逃走。その逃走ルートが分からず、トラックの運転手の通報によって、秋田県本荘市で十六日振りに逮捕された事件である。

後の中学少年の事件も、母親殺害である。別に、報道された当時、深く興味を持った訳ではないが、確かに母の再婚に関係した事件であったことを思い出し、佑多は翌日図書館に調べに行った。

岡山県の方は、下級生からわざとボールをぶっつけられたり、掛け声の真似をされたりして、普段からからかわれており、最近頭を「丸刈にしろ」と強制されたり、殴られたりしたことを不思議に思った。どこでも運動部員は、一般生徒よりもはるかに先輩、後輩の序列が厳重なのが当り前である。それが上級生なのに下級生からからかわれたり、いじめを受けるなんて、当の学校の規律は一体どうなっているんだという疑問を深くした。しかし、母親を殺した理由は、自分が後輩を殺しては「親にも迷惑がかかるから」と言うのだが、父親も居るのに母だけ殺した理由がわからなかった。この事件は佑多にとってそう深く考える問題ではないが、山口市の少年の場合は、今の自分と同じ状況である。五年前父親を病気で亡くし、高校に進まず、新聞配達をして母と必死に生活を支え、近所でもおとなしく、きちんとした感じの良い子との評判であったが、母に再婚話が持ち上がり、母がたびたび家を空けるようになって、「自分は邪魔者だから家を出る」とか、「帰って来なかったら殴るかもしれない」と仲の良い友人に悩みを打ち明けていた。山口の少年の母に対する憤懣の気持が、佑多自身の気持として大きく蘇ってきた。母の恋愛に、自分としてどう対処するか、自分自身が決めねばならぬ問題だ。

山口の少年が、可哀相だった。涙が出た。父が急に恋しくなった。

（お父さん、何故早く死んでしまったんだ）

父の名は誠一郎、若し目の前に居たら、胸元を叩いて責めたかった。

大学は理工科を出て、中堅の電気産業の会社に勤め、課長になり、そのうち部長に昇進を期待された四十七歳で急逝した。父の優しかったこと、父と遊んだこと、父と母の仲がよかったことなど、思い出は一杯ある。その思い出も、壊れてしまう。

母は四十二歳、現代では女の四十二は、特に女の一番いい時だとも言われるが、佑多にはその訳はわからなかった。母が娘のように浮き浮きして恋愛真っ盛りなのを、自分が反対して結婚出来なければ、仕方なく今の愛人の状態を続けることになる。そうなれば自分との関係は、次第に悪くなっていくだろう。どう悪い事態になるかについては、その先まで考えなくていい。何れにしても、結婚でも愛人の状態でも、私は母の邪魔者となり、私は捨てられる。

そうすれば、私は自立しなければならない。祖父は、浦和に来いと言うだろうし、母もそう勧めるだろう。今まで面倒を見て貰った母の愛情に、お返しするのが本当かも知れない。これでは、子供の私に対する母の責任は免除となって、万々歳だ。だが、それは母への私の好意であっても、結局見るだけでも嫌なあの男に母を取られて、負けたことになる。それは私と、死んだ父の許せることではない。

私は自立出来る歳だし、十七歳だ。体は丈夫だ。立派に働ける。佑多は、直ぐ新聞配達を考えた。住み込みで大学へ通っている人もあると聞いた。大学は、検定で受ければよい。それが一番父の気持に適うだろう。

(佑多、よく決心したな。俺は、お前を必ず守ってやる。負けるな)

父は、きっとそう言うだろう。

母が帰ってきた。冷蔵庫の夕飯を食べなかった訳がわかるだろうか。きっと二階に上が

ってきて、甘い声で僕を呼ぶだろう。案の定、

「佑多、佑多、ごめんね。一寸起きて。お土産あるわよ」

誰が御機嫌取りのケーキなど食べるもんか、と佑多は返事をしなかった。母はもう一度
「ごめんね」と言って降りて行った。

朝食の時間となった。

「佑多、夕べの御飯どうして食べなかったの？　お母さんも気持悪いわ。ねえ、どうして？」

三回催促されて、

「夕べは、なんかラーメンが食べたくなったからさ」

パンにバターを塗って、牛乳を飲みながら喉に入れた三分間の朝食が終った。

「行って参ります」

「佑多、今日は何処へ行くの？」

追ってきた母に、返事もせずに飛び出した。

行く当てはない。すべては、母から問題を提起されてからでいい。行く所がない。パチンコ、遊技場も嫌いだ。何か勉強したくなってきた。図書館へ行く。椅子に座っただけで落ち着く。背負いから本を出す。教室では大分進んだろうと思う。就職したら検定でやろ

うと思ったが、学校に無性《むしょう》に行きたくなった。昼になって駅近くの大衆食堂に行って、天丼を食べた。これで帰って、これから料理を少し習おうと思った。一番やさしい本を、本屋に教えられて買って帰った。母が料理をしている時、台所でよく見ている。

スーパーで、出来あいで温めればいいのが売られているが、自分で作ってみようと思った。幸いカレーもクリームシチューも箱がある。玉ねぎは切れたが、ジャガイモの皮剥きは難しい。芽を取ることは、母のしていたのを見ている。肉は豚と鶏があった。佑多は鶏が好きだ。人参は皮剥き器を使ってみたら、面白かった。これで材料の準備は終った。問題は、カレーの箱の分量だ。二列四個を出した。一人分だからこれでいいだろうと、いよいよ肉と野菜類を小さな鍋に入れる。玉ねぎは少し後にする。そしてローレルを一枚入れる。母に聞いて、知っている。煮立って玉ねぎを入れたところで、カレーを入れる。かき回すと、カレー色が出てきた。少しどろどろし過ぎたかな。佑多はふっと思いついた。トマトが好きだから、トマトジュースの小さいのを一缶入れた。ついでだ、トマトを入れたらどうなる? 他人に食べさせる訳ではない。俺が食べるんだと、中くらいのを八つ切りにして入れた。

どうやら出来た。失敗に気付いた。底が固い。焦げたようだ。力を入れて、底をかいた。

少し冷ましてから味を見ようと、鍋をそのままにしておいた。

自分の部屋に上がり、ベッドに横になった。母の再婚のことが、直ぐ頭の中を占領する。

佑多の推理は、進む。

それでいいのか？　あんな男に、母をとられてたまるか。いいや、あの男の方に秤を上げた母が悪い。いや、母が憎い。私が自立して、大学にも進まず、働いて苦労していると
ころを見せてやる。食えなくて生活費をせびりに行ったら、どういう顔をするだろう。それより悪い仲間に入って、警察の厄介になったらどう思うか。母をぐうと言わせたい気持が、だんだん強くなる。

祖父に、急に会いたくなった。祖父は近頃足腰が弱くなり、祖母のボケも進んでいると電話で言った。祖父には、私一人が身内になる。母の再婚ことも話さなければならない。

祖父は何と言うか、自分の決心は伝えておきたかった。そうだ、春美を連れて行こうと思った。佑多のたった一人の女友達だ。商店街の果物を主とする八百屋の娘だ。休みがちな佑多のことを何かと心配して、学校のことを知らせたり、励ましに来てくれる春美に対して、伶子もデパートの弁当を、両親の分を含めて時折届けた。土曜か日曜、春美の都合を聞いて、祖父を訪ねることを決心した。そんなことを考えているうちに二時間程経った。

先刻作った実験の結果を知るため、カレーの蓋を取った。一応カレーの匂いがする。冷えたので、少し固まっている。食堂などで食べる水っぽいのよりは大分濃い。一さじ口へ入れた。「うむ」と頷いた。こげ臭さがあるが、少し酸味があって、これはいける。思いがけない味だ。カレーを少し湯でゆるくして、御飯をチンで温めた。自分で作った佑多式カレーだ。欲を言えばというより、生のトマトより粒のトマト缶を使い、少しトマトケチャップを入れたらどうだろう。佑多は面白くなった。自信が湧いた。自分で色々工夫すれば、なんとか出来るんだ。次はクリームシチューで、野菜と肉か魚を使ってみよう。肉に野菜をいっぱい、それに生姜《しょうが》を細かく刻んで、オイスターを使って炒めてみたらと、次々と材料と料理が浮かぶ。鍋のカレーを、少し残しておいた。皿を洗って、コーヒーを入れて二階に戻った。ミルクもシュガーも入れない生は、佑多は嫌いだった。

「佑多、遅くなってごめんなさい。ケーキあるわ、降りて頂戴」

ノックの音と母の声に目を覚ました。八時を過ぎている。よく眠ってしまったらしい。

「わかった」

とゆっくり返事をした。風呂に入る準備をして下に降りた。

「御飯食べてないのね。直ぐ支度するわ」

冷蔵庫に佑多に作っておいたお菜類を並べだした。

「僕、御飯はいらない。食べるならラーメンにする」

「どうして？　何か怒っているの？　会社もこういう状況でしょう。なかなか五時に帰れないのよ。残業が多くなって」

「わかってるよ。とにかく風呂へ入ってくる」

佑多は、若いくせに熱いのは駄目。温《ぬる》いのにゆっくり入るのが好きである。父譲りだ。

伶子は反対に熱い。佑多は頭を洗い、時間をかけた。

「佑多、あんた、このカレー、自分で作ったの？」

「うん」

「本当？　たまげた。なかなかいけるじゃない。本でも読んだの？」

「カレーの作り方は本を見たけど、ほかの味は勝手にやってみた」

「どう御飯食べない？」

「今はラーメンの汁が飲みたい、僕作るから」

「そう、じゃケーキだけでも食べて」

「それが僕、甘い物この頃全然食べたくない。胃が悪いのかな」

「困ったわね。どうしたらいいかしら」

「じゃ朝春美ちゃんに届けて」

「そうしましょう。それにしても佑多には驚いた」

「僕、自活出来るね？」

「一回うまく出来たといっても、男が自活するなんて、大変なことだわ」

母は、僕の反抗心、皮肉がわからないのかなと思いながら、ラーメンを作った。急いで食べて部屋に戻った。

2

二日後の日曜日、春美も誘って行く旨、祖父へ電話した。祖父は大喜びだった。春美の家では、苺《いちご》とバナナを用意してくれた。年寄りには食べやすく栄養があるからと、春美の父は言った。

新宿から大宮まで直通がある。この方が京浜線より少し早く着くような気がする。北浦和駅からバスで十分、バス停から五分、車もあまり通らぬ閑静な場所。そして佑多は祖父の家が好きだった。純日本造り、十畳の部屋に通されて、春美はびっくりして、四方を眺めた。

「若し足がきつくなったら、伸ばすなりあぐらにするなり、自由にしなさいよ」

と祖父に言われて、厚い座布団に座ると、腰が右左に倒れそうで不安定、こんな座布団にも初めて座った。

大きなテーブルの向こうの祖母は、ただにこにこしているだけだ。

「お祖母《ばあ》ちゃんは、お祖父《じい》ちゃんと二つ違いの八十二、体は丈夫でも頭の方が病気になってね。お祖父《じい》ちゃんはまだ本を出したり、原稿を書いたりしているけど、体の不自由さは、前に来た時より進んだみたい。二人で一人前かな。それでホームヘルパーが一日置きに手伝いに来るの」

と佑多が春美に説明すると、

「ハハハ……。一人前が〇・七人前になったよ」

「ホームヘルパーって何ですか？　聞いたこともない名前、手伝いに来るってどういう人、知りたい」

「じゃ私が説明しようか。世間には病気や体の弱った年寄りが増えているね。日本は高齢社会になって、私みたいに体が不自由になったり、家内のように記憶力がどんどん衰えて、家事が出来なくなり、自分の子供も見分けがつかない人、毎晩尿のパンツを取り替えたり、うんちを拭いて取らなければならない人が増えるばかり。子供が夫婦で勤めたり、遠い所に勤めていたり、それに私等八十を過ぎると、子供も六十近く、その子供達も衰えてきて、こうして子供が昔のように親を看病することが出来ない事態になってきた。そこで市や町では、そういう住民の生活を助ける人、つまりホームヘルパーをつくった。私の家の場合は、掃除や洗濯をしたり、お菜《かず》をつくってくれたり、また買い物に行ったり、家事の仕事をしてくれている。また床ずれを防いだり、おしめなどを取り替えたりで、夜中《よなか》回っている人もいれば、お風呂を持ち込んで、入浴させるヘルパーさんもいる。

こうして年寄りは社会から守られて生きているんだよ。こういう年寄りの介護は、自治体の福祉事業でやっていたのが、去年から介護保険という保険制度に変ったんだよ。この話になると、あんた達にはむずかしくなるが、日本は長生きの国として幸せと思えるが、女は子供を産んでも一人か二人、年寄りは増えるのに、昔のようにそれを助ける若い人、つまり家族が少なくなり、誰でも六十四歳になると、病気にならなくても収入から金を納め、病気になったら生活上の支援を受けることになるんだ。春美さん、今は十六で花の蕾だけど、五十年経てば、六十六のおばあちゃんになるだろう」

春美は「イヤだあ」と言ったが、考えたこともない世界のことを突きつけられて、大きな衝撃を受けていた。

「むずかしかったかな。ところで佑多、お昼は何にする？」

「僕、何でもいいよ」

「御馳走するから、何が食べたい？　カツでも天丼でも持ってきてくれる。それとも寿司にするか？」

佑多もショックを受けていた。うまい物などどうでもいい気分になっている。祖父に催促されて、春美に相談した。

「私何でも。御馳走などいらない」

佑多は、祖父が好きなそばにしようと思った。

「僕そばでいいが、君は何する？」

「私もそれでいいわ」

「そば？　せっかくご馳走しようというのに、このお嬢さんにも失礼だよ」

「いいえ、私もおそば好きで、家でもよく食べますから」

慌てて春美はそう言った。

「僕のそば好きは、お祖父《じい》ちゃん似なんだ」

「そうか、そうか」

と言って、時々居眠《いねむ》りしている祖母に聞いた。

「そばでいいか？」

「あたし何でも」

と言うと、祖父は電話をかけた。もりそばを十枚も注文した。僕は三つか四つ食べるけれど、そんなに注文して多過ぎないかな、と佑多は思った。

「三年前はね、可愛い犬がいたんだよ」

「そう、どんな犬？」

春美も動物好きだ。春美の言葉を聞くと、祖父は額と写真帳を持ってきた。中型の額を手渡されると、春美は、

「まあ、可愛い」

と胸に抱いて、それから離してしげしげと見直した。

「これスピッツね？」

「当たり、けど純じゃないんだ。ホラ、耳に茶が少し入っているだろう。この犬はお祖父《じい》ちゃんに、恩を返そうとしたんだって。その話春美ちゃんにしてあげて」

「私、聞きたい」

「じゃこのホロの話をしよう。これは十三年、いや十四年前の二月だった。この家の前を行ったり来たりしていた。緑の真新しい首輪とノミ取り首輪をして、細い鎖《くさり》を引きずっていた。鎖を手にすると、尻尾を振って寄って来る。毛が長めで真っ白、左耳と背中に少し茶がある。純粋なスピッツと雑種との子、簡単に言えば雑種だが、純粋に近いスピッツと見た。大きさ、若さからだいたい六カ月くらい。こんなに可愛いのだから、飼い主も探しているに違いない。家に置いて探してやろうと思い、隣は更地で畑として少し借りていたので、その隅に柵と簡単な小屋を作った。その時は茶色で雑種の柴犬の中型を飼っていた。翌日から二匹連れての運動となった。喧嘩《けんか》しなかった。たちまち仲良くなったらしい。前にいた犬も、人がいい。いや犬がいいというのか、後に来た犬をいじめもせず、怒りもせず、やれやれと思った。こんな話、面白いかい?」

と春美に聞いた。

「面白いです。後を話して下さい。お願いします」

「そうかい。じゃ続けるよ。近所の人が『お宅の犬が逃げてますよ』と、教えてくれた。家で新しく犬を飼ったと近所には伝わっているらしい。雪が降った。その日も違う人が「うろうろしていましたよ」と連れてきた。小屋も柵も逃げ出せないようになっていると思ったのに、どこからどうやって逃げたかわからなかった。隣接する二つの市の保健所、警察にも問い合わせた。浦和市と同様、問い合わせはないという返事だ。『リビング』という主に店舗紹介を主とする週一回の新聞に、イヌ、ネコの貰い手探しが載るので、こんな犬を預かっていますと広告を出した。有料である。これにも反応がない。次に家からかなり遠い小、中学校の校門の前に、こんな犬を逃がした家はないかと、貼り紙して回った。それもダメ。私は転勤者かマンションに入ることになって、犬を飼えなくなった人が、犬を保健所に送るのが忍びず、可愛いから飼ってくれる人がいたらと祈る気持で捨てて行ったのだろう。それで我が家の前で私が見た、という因縁を考えて、家で飼うことにした」

「よかった。お祖父《じい》ちゃんに拾われて、犬は運がよかったのね。私涙が出たわ」

春美がハンカチを目に当てた。

その時、そばが届いた。

「おい、そばが来たぞ」

祖母は言われる前に立ち上がり、

「わかってます」

と玄関に行く。

「君達も応援してくれ」

佑多と春美も祖母に続いた。祖母は「ありがとうございます。お手数かけてすみません」を何回も言いながら二つ持って付いてきた。

せいろ十枚が積み上げられた。

「お祖父《じい》ちゃん、こんなにどうするの？」

佑多も手にあまる、いや腹にあまるそばに音《ね》をあげた。

「佑多は三つか四つは平げるだろう。わしだって二つ食べるぞ。春美さん、東京よりうまくないかもしれないけど、たくさん食べなさい。けど、もりそばには、他《ほか》に何も乗っていないからな、もみのりが冷蔵庫の下の段の奥にある。持ってきてくれ」

「私、何か見てきます」

佑多と春美が台所に立った。少し時間がかかった。

「お祖父《じい》ちゃん、のりあったよ」

春美は、きゅうりとトマトの薄く切ったのを盛った皿を出した。

「そうめんではないですけど」

「これ春美さん、切ったの?」

祖父は驚いた声を上げた。薄い切り様は、見事だった。

「私、八百屋の娘でしょ。野菜の切り方くらいは覚えておけと仕込まれました」

「春美さんのお陰で、そばがおいしくなった。さあ、食べよう」

それぞれ一同、そばをかっこみだした。佑多は、皆が一つ食べるうちに二つ目を平らげ、三つ目にかかっている。

「いいぞ、佑多たくさん食べろ。春美さんのきゅうり、おいしくてそばが進むよ」

祖父も二つ目を、手元に引き寄せた。

「私も食べられそう」

「その意気意気。はい」

祖父が一つ取って春美の前に置いた。

「でも、もし残したら?」

「冷蔵庫へ入れて、夜でも明日でも二人を思い出しながら食べるさ」

「では頂きます」

祖父は二つ目の少し残したのを、祖母に差し出した。祖母はそばやうどんはつけ汁につけて食べない。ほんの小匙《さじ》二、三滴をかけて食べることを佑多は知っている。その訳を聞くと、祖母はおひたしでも醤油をまったくつけないこと、そして昔、祖母と同居していた姉は、うどんやそばに砂糖をかけて食べると聞いて驚いた。佑多は、四つ目の半分で降参した。

お昼が終った。皆で八つ、二つ残った。祖父は祖母に大きな丼に移して冷蔵庫に入れておくよう、「必ずラップしてだよ」と念を押した。

「私、苺を持って来ます」

春美は祖母が丼を探すのを見て、手頃なのを選び、それにそばを明けてラップをし、冷蔵庫に入れた。

「ありがとうございます。お手数かけて」

祖母は、丁寧に礼を言った。春美は、祖母からこう正しく挨拶をされると、痴呆と聞いていたが、嘘ではないかと思った。

苺は二箱持ってきている。一箱は明日の分に祖父達に残して、もう一箱を四つの小丼に分けて、牛乳をかけてきた。祖父も祖母も、「おいしい」と言った。苺を食べ終ると、佑多は正座した。

「お祖父《じい》ちゃん、相談があるんだけど」

「何だい?」

「お母さんが再婚した場合、僕の方針を聞いてくれる?」

「本当か、伶子がそう言ったのか?」

「まだ言わないけど、そのうち言い出すと思う」

「佑多さん、それ本当の話?」

春美が、大きな目を開いて、少し膝を佑多の方に回した。

「伶子がなあ、お前どうしてわかったのだ?」

「僕見たんだ。母の心は決まってます」

「見た……? そうか。伶子は幾つだったっけ?」

「多分、四十二だと思う」

「お前には大変な問題だな。佑多、母がそうした場合、お前はどうしようと思った?」

「僕は働いて、自活しようと思った」

「働いて、自活する？　学校はどうするんだ？」

「正直に言うと、今登校拒否してるんだ」

「登校拒否だって？　何が原因なんだ？　いじめか？」

佑多が黙った。

「うちの学校には、悪いのがいるんです？」

と春美が訴えた。

「話が複雑になってきたな。お母さんの再婚と不登校を分けて考えよう。不登校はほんとにいじめなのか？　退学して働くというのかい？」

「違う。大学へ行ける金があるかわからないんだ」

「何っ？　お前の父の保険金はもうないというのか？」

祖父が意気込んだ。

「それはわからない。けど母が男に金をやっているのを見たもん」

「伶子がなあ。それで決心したのか？」

「あんな男と一緒に住むなんて、へどが出る。どうせ別れることになれば、一人で生きるほかない」

「進学は、それで諦めるのか?」

「ううん、新聞配達して大学へ行っている人もいる。僕もそうしようと思うんだけど、検定で受験することも考えている」

「偉い。佑多、そこまで考えたのか、お前は成長したな。苦労させて、わしも申し訳ない」

祖父の顔に、はらはらと涙がこぼれた。祖母もわかったのか、掌で目を覆っていた。春美もハンカチを当てた。

「佑多! 学校へ行きたいなら、転校してこの家から行け。わしたちは、あと何年か生きるんだろうが、お前の学費くらい心配するな」

「お祖父《じい》ちゃん、母が再婚するとはっきり言ったら、改めて相談に来ます」

「うん、だが早まって決めるなよ。伶子も当然相談に来るはずだ。伶子が再婚したいと言えば、今の世の中では駄目だとは言えん。嫌な世の中になったもんだ」

「僕、そう決心すると、学校へ行きたくなった。お祖父《じい》ちゃん、明日から学校へ行くよ」

「いじめはどうする? 先生は知っているのか?」

「先生に言っても、取り上げて貰えないんです」

と春美が代わりに答えた。

「先生はふざけているんだ。『お前も仲間に入って一緒にやれ』なんて言うんだ。話にならないよ」

「驚いたな」

「お祖父《じい》ちゃん、僕弱虫だから逃げてるんじゃない。一人と六人じゃどう反抗しても敵《かな》わない。だけど今度は恐れないよ。やられたら、やられっぱなしになる」

「怪我したらどうするんだ?」

「危《あぶ》なくなりゃ逃げるさ。僕、足なら負けない」

「どうしていじめ受ける気になったのだ」

「どんないじめや暴行を受けたか、僕詳しく書いておこうと思う。そして警察に訴えてやる」

「佑多、今日お前に会えてうれしい。お前は強くなった。わしやお父さんの魂、お前の魂に少し移ってきたな。うれしいよ」

「こんにちは。お待ちどうさま」

と玄関で声がする。祖父は祖母を促して立った。

「これ台所に置いて」

と祖母に指示し、金を払っているらしい。

「毎度ありがとう存じます」

祖父と祖母が戻ってきた。

「お祖父《じい》ちゃん、僕達、帰る」

佑多は春美に目で合図した。

「私、お祖父《じい》ちゃんもお祖母《ばあ》ちゃんも好きになっちゃった。でも犬の看病した話聞けなくて残念だわ」

「そうそう、話が横道に逸《そ》れてしまって。また、おいで。犬やネコの話をいっぱいしてあげよう」

「本当？　またお邪魔してもいいですか？」

「いいとも、大歓迎だ。待ってるよ」

「うれしい。お祖父《じい》ちゃん、ありがとう」

祖父に言われた祖母が、弁当折詰を五つ持ってきた。祖父は祖母の手にした店のビニール袋を、三つと二つに分けた。

「春美さん、これ浦和名物の鰻だけど、有名店のじゃないから勘弁してね」

「お土産まで頂いて、すみません」

「佑多、早まったことはするなよ。もう一度わしと相談してからだ。伶子の気持も聞かねばならぬ。いいな、わかったな」

「はい、わかりました」

春美は、もう一度訪ねることをお願いして、丁寧にお辞儀をして帰って行った。

3

母の残業は、毎日のように続いている。隔週休みのはずなのに、その日も午後から仕事と言って出かけた。

佑多は、料理作りが面白くなった。簡単な本も買ったし、スーパーで発行している料理の作り方の載っているパンフレット、チラシ類も取ってある。

油をつかった物もまあまあという味であったが、玉子を使うのはやさしいようでむずかしいことを知った。

春美が来ると、自分の家で作ったお菜《かず》を持って来てくれた。商売柄、野菜の煮付けがうまかった。春美が料理を手伝ってくれる日の曜日を決めた。二人で食べるのは楽しかった。

その日や母の帰りの遅い日は、母の作った料理は冷蔵庫から出さなかった。

母は自分の作った物を、佑多が食べないのを何故かと問うたが、作ってみるのが面白くなったと言ったことを信じたか、聞いても言わないという佑多の心を察してか、その後は質問しなくなった。食べないことも気にしなくなったのだろう。佑多はその母の気持を、佑多は食べようが食べまいが、母としての義務だけ果たせばよいというふうに変ったと解釈していた。

半月程経った月曜日、珍しく早く帰ってきた母は夕食しながら、

「佑多、お母さんあなたに相談があるんだけど、後で聞いてくれる?」

母は近頃聞かない甘い声の上に、何かおもねるようなねっとりした声だった。

佑多は、いよいよきたなと思った。

「お母さんの好きにすればいいさ。そのため、僕料理作ってみてるんだから」

佑多は、急いでかき込み、「御馳走様」と腰を上げた。

「もう食べちゃったの? たまの一緒の食事だもの、もっとゆっくりしてよ」

甘えた声に返事もせず、二階に上がった。少し休んで、玄関に行った。

「あら、出かけるの？　これからどこへ？」

「うん、ちょっと」

母の咎める響きに変った声を、強いドアの音で遮った。別に行く当てがあるわけではない。

春美の店に行った。

「ご飯食べたかい？　うちはこれからだ。よかったら食べないか？」

「ありがとうございます。食べてきましたから。おじさん、九時半頃までお邪魔してもいいですか？」

「別に構わないけど、どうしたんだ？」

春美の父徳次郎の胸に触るものがあって、聞いた。

「母が相談があると言ったけど、実は僕聞きたくないんだ」

徳次郎は、佑多の母の相談の内容を、いよいよあのことを言い出すのかなと悟った。

「いいとも。春美、お前の部屋で、テレビでも見てて貰いなさい」

「さあ、佑多さん、狭いけど……、急いで食べてくるからね」

春美は、二階に案内した。二十分もすると、徳次郎はビール、春美はジュースを持って来た。

「佑多君、お母さんは何か言ったのかい？」

「ご飯食べてからと言ったので、お母さんの好きなようにと言って出てきました」

「そうかい。それも手だが、いずれ話し合わねばならんだろう？」

「僕の気持は、決まっています」

「うん、春美からだいたい聞いたけど、君は偉い。感心した」

「佑多さん、お祖父《じい》ちゃんの家へ、また行ってもいい？」

「ああ、祖父も喜ぶよ。ホロの話、人に話したくってしようがないんだから」

「ところで佑多君、その時私も行っていいかい。お祖父《じい》さんに会って見たくなった」

「どうぞどうぞ。お客大歓迎の性分ですから」

「そう、それでは商売の休みの日はどうだ？」

「水曜は午後家事だから、私早退する」

「あゝ、けれどその日僕、静岡へ行く用事あって」

「あら、どうしたの？」

「実は小学校の先生が死んだんだ。可愛がって貰ったから、お葬式に行ってきたいんです」

「偉い、ますます気に入った」

と残ったコップのビールを全部喉に落とした。

「じゃ、俺と春美で行って来てもいいかい?」

という徳次郎の言葉に、

「どうぞ、どうぞ」

と言うので、春美も少し不満だったが同意した。

徳次郎は、佑多に祖父の人となりを聞いた。佑多も祖父の若い頃のことは、あまり知らない。何でも大東亜戦争中は会社勤め、戦後は県庁へ勤めたことくらいで、ただ六、七年前に、ドラマで賞をとり、歌舞伎座で上演されたことを伝えた。

「えっ、歌舞伎座で上演されるなんて、そりゃ大変なこった。お祖父《じい》ちゃんとは、そんなに偉い人とは、これは驚いた。私はますます会いたくなった」

と、徳次郎は目を丸くして驚いた。水曜日というと明後日、八百屋の役員会を午後欠席することにして、さっそく佑多が電話をした。春美も出て犬の話をお願いする。

「この間は、犬の話が途切れてごめん。犬やネコの話いっぱいするからね」

お祖父《じい》ちゃんは、大喜びだ。徳次郎が春美に付いて行くと言うと、祖父の声は「どうぞ、どうぞ」とさらに弾む。

当日徳次郎は、メロンとぶどう、それにバナナを用意する。商店街で評判のコロッケを買う。親と娘の足取りは軽い。

お祖父《じい》ちゃんが、門の外で待っている。春美は駆け出し、お祖父《じい》ちゃんは手を挙げて迎える。

「さあ、ホロの話をしよう。どこまでだったかな」

「お祖父《じい》ちゃんが家で飼うと決めたとこでした」

「そうか。すると二日ほど経って、電話で、犬を飼ってもいいというお母さんの声だった。さっそく駅の向こう側に連れて行った。まだ若いお母さんと、五つくらいのお嬢さんが手を叩いて寄ってきた。この人達なら可愛がってくれると安心して別れた。しばらく見送っていると、ホロは時々振り返って、尻尾を振っていた。家にまだ何日もいないのに、白いホロの姿が見えないのが寂しかったが、いい貰い手でよかったとお祖母《ばあ》ちゃんに話した。春美ちゃん、こんな話でいいのかい。少しはしょろうかい？」

「面白いわ、詳しく教えて下さい」

「そうかい。喜んだのも一晩だった。翌朝早く、ホロを貰ってくれたお母さんから電話があった。『子供は大喜びなんですけど、主人が絶対に駄目だ、早く返してきなさいと言うものですから。すみません。お手数かけて申し訳もありません』としきりに謝っているから、私はすぐに出かけた。バス便がいいので三十分で着く。『ホロ、どうした?』と言うと、盛んに尻尾を振っている。お父さんが何故飼って悪いのか、訳を聞いてもしようがない。盛んに頭を下げているのも気の毒で、早々に引き揚げた。ホロの元気はいい。時々膝に体をぶっつけては、私の顔を見る。『ほら、わかったでしょう』と見上げる大きな目がそう言っている。『さあ、家へ帰ろう』と言うと、ホロの足が早くなる。『おい、帰ったよ』と大きな声でこれを呼ぶと、これもホロちゃんと首に抱きついた。ホロもクンクンと甘えている。私もこれも、涙を流していた」

「お祖父《じい》ちゃん、私も泣いちゃう」

春美は、父の肩に額をつけた。徳次郎は、春美の頭を撫でた。

「泣ける話ですな。話も本当にお上手だ」

「私は何でも飾ったり、誤魔化したりせず、本当のことを正直に話すだけです。いよいよホロ君の本番に入ろうか。うちの犬になって四年か五年経った秋だと思う。夕方私が熱を出し、氷を腋《わき》の下に入れて冷し始めた。当時は前からいたモンという犬が、私の造った大きな犬小屋に、ホロは縁の下が深いので、季節季節の敷物を敷いて寝かせていた。すると、ホロが私の部屋へ上がってきた。そして私の膝の下辺りに乗って、二、三回回って自分の足の位置を安定させると、突然私に手をいっぱい広げて覆いかぶさった。ちょうど私の肩のあたりを抱く形になって、そのまま夜明けになって熱が引けた。『ホロ、熱が引けたよ、ありがとう』と言うと、安心した顔で布団から下り、硝子戸の横へ行って寝そべった。すぐホロの規則正しい寝息が聞こえてきた。私はそれから、風邪を引いて熱を出さないように注意した」

「ホロちゃんに、私も会いたかったわ」

春美は涙を拭いて、ホロの写真をめくった。

「いや、いい話でした。犬の恩返し。お宅に伺って本当によかった」

「今でもどうして私が熱を出したのを知って、温めようとしたのか。犬の本能とでもいうのか、私にも説明出来ないんです。だが、あれは小父ちゃんが大変だ。僕も手伝ってよくしなくっちゃと考えたんじゃないかな。あれは、私に拾われた恩に報いようとしていたんでしょうな」

お祖父《じい》ちゃんの実感であった。

春美がメロンを切ってきた。

「私結婚する人は、マンションでなく、一戸構えの人とするわ。そして犬もネコも飼うの」

「そりゃいい。ネコについてもいろいろ話があるよ。特に親子の情については泣かされたよ」

「うわあ、その話も聞きたい」

「追々してあげよう。おう、このメロン、おいしい、どうだ?」

とお祖父《じい》ちゃんは、お祖母《ばあ》ちゃんに聞いた。

「そうですわね。本当に甘い」

「しょっちゅう買うわけじゃないが、スーパーから買うのと違って、甘さが違う」

「そりゃそうですよ。そこは八百屋です。八百屋は、スーパーより品を選んで買いますから」

徳次郎は自慢した後で「実は」と切り出した。

「佑多さんから、お母さんが再婚されたら、家を出て、自立する話のように伺いましたが」

「私もそれを聞いて、驚いた」

「そこではなはだお節介のようですが、高校だけは行かねばなりません。それでうちでよろしかったら、うちから通って頂いてもと、これは女房と春美とも話し合った上でのことで」

「その話でわざわざ今日、ありがとうございます。佑多のことを、そこまで心配して下さるとは、佑多もいいお友達を持った。春美さん、ありがとう」

お祖父《じい》ちゃんは、二人に深く頭を下げた。

「実は、母親の気持ちがはっきりした次第で、私も佑多にこの家から学校へ行けと勧めたんだが、佑多の、自立して人生を渡ってみる決意を聞いて、佑多のその努力に任せてみようとも考えた。だがいずれ母親の話が具体化して、佑多も相談に来るでしょうから。それにしてもお宅の心遣い、そこまでして頂いては、ご商売にも障りますのに」

「いやいや、御飯一人多くなって、食卓が賑やかになりますわ。ただ家が狭くきたないもんで」

「いやいや、寝る所さえあれば十分な身分ですが、佑多も若い。好きな春美さんと一つ屋根の下にいて、若し間違いでも」

「それは、私の方でも考えました。けれど部屋は、私ら夫婦の部屋を挟んで分かれていますし、その点春美はしっかりしていると思います。もしどうしてもとなれば学生結婚でも」

「まあ、待って下さい。話がどうなるか、まだわからんことですし、学生結婚まで考えて頂いて恐縮ですが、私は学生結婚だけはどうも気が進まぬ話ですが」

「そりゃそうですな。そこまでの話ではない。佑多さんが決心をしてから、私達の気持をどう受けられるかですから。こら少し先を読み過ぎましたわい。ま、私達の気持も、考慮に入れておいて頂くようにとだけ申し上げましょう」

「いや、本当にありがたい話を持ってきて下さって、今日はいい日でした」

「私も、私らとは違うお方にお目にかかれて、いろいろいいお話を聞きました。あなた様はいろんな本や原稿を書いて、歌舞伎座で団十郎と菊五郎がやったとかで」

「ハハハ……。ま、いい思い出になりました」

「佑多君が、そんな偉いお祖父《じい》ちゃん持っているとは知りませんでした。次はその話をぜひ聞きたいものですな」

「そんな話でしたらいつでもどうぞ」

「私はネコの話よ」

春美が手を叩いた。

帰りには、いつもの店のエビ重三つが用意されていた。

「では一つは佑多さんに届けて」

徳次郎の言葉に、

「佑多は母と一緒にご飯食べさせて下さい。近頃気持も離れ合っているようだから」

と祖父は徳次郎の気遣いを止めた。

4

月曜日何時ものように遅かった母が、

「明日は早く帰れるから、一緒にご飯食べましょう。この前は、あんた逃げてしまったけど、真面目な話だから聞いてネ」

「お母さんの好きなようにと言っただろう?」

「そう言われても、私の一存で済む話でないし、佑多にも悪くないと思って、賛同して貰いたいの、お願い」

佑多は、

「風呂に入る」

それを母への返事とした。

翌朝「行ってらっしゃい」と母を送り出すと、その機嫌のよい声に、伶子は、

「今夜お願いね」

少し甘えた口振りの声を残して出かけた。

佑多は、応接室の隅にある母の鏡台の上の写真立てに入れてある父と母二人の写真のうち、父の分を切り取り、前にコンパルシータで撮った男の写真を入れた。そして冷蔵庫に母が用意した佑多の晩ご飯に、〝僕もコンパルシータで、おいしい夕食食べたいよ〟とメモを貼った。佑多は母が帰って来て、二つの異常さに気づき、それが僕の返事だとわかるだろうと考えたのである。

夜駅前の食堂で夕食を済ませ、春美の家で時間を過ごした。帰ると、応接室に母がいた。顔が強ばっていた。冷蔵庫のメモを見たからだと思ったが、わざと明るい声で、

「お帰んなさい。僕風呂に入って寝るから」

と二階に上がろうとすると、

「佑多、ここへ座ってちょうだい、あなたが知っていたとは知らなかったわ。かえって話しやすくなった。用意した夕食も食べないあなたの気持もわかった。いずれ話し合わねば

ならぬこと、座ってちょうだい」

そう強く切り出されれば、いつまでも逃げて延ばすわけにもいかないと、佑多も腹を決めた。

「聞きましょう」

佑多は、母の顔を見詰めた。

「お母さんね、あの人と結婚しようと思うの」

「だから好きなようにと言ったでしょう」

「お父さんにもあなたにも悪いと思っています。けど結婚は、私の転機でもあるの」

「お祖父《じい》ちゃんも、今の世は、嫁として家へ押さえつけることは出来ない。お母さんが結婚したいと言えば、そうさせるほかないんだ、と話していた」

「あなた、お祖父《じい》ちゃんにも話したの?」

「うん」

「あなたに話したら、お祖父《じい》ちゃんにも話しに行くつもりだったわ。来週にも、じかにお話しに行くとして、好きなようにと言うことは、私の結婚に賛成してくれるの?」

「賛成だとか、不賛成だとか言ってもはじまることでないし、他の男の人と結婚すれば、その男の妻となり、松谷家とは縁が切れる。僕も子供でなくなるから、自立を考えねばならないということさ」

「私が結婚したからといって、私があなたの母であることまで消えないわ。佑多はいつまでも私の子よ」

「赤ん坊や幼稚園くらいなら連れ子も出来るが、この高校生を連れ子としてなんて、ナンセンスだよ」

「そうじゃないの。それでもいいとあの人は言ってるの。あなたが嫌だったらどうするの？」

「僕料理始めたろう。自活する準備さ」

「自活するって、学校はどうするの？」

「働くつもりさ。まだはっきり一人になったらどうするか、決めてないけど、自活も考えていることはたしかさ。僕自身一人として、世の中に放り出されるんだから」

「何もそこまで考える必要ないんじゃない？　お父さん、あんたの学資残していってくれたんだし、母親の縁は、切れるもんじゃないわ。母親の義務は、果たすつもり。それにあの人も、私にあなたと別れてとは言ってないわ。むしろ一緒に生活のことも考えてるわ」

「お母さんが松谷家の人でなくなれば、自由に出来る。そしたら、僕も自由にする。それでいいんじゃないの?」

「私を困らせるようなこと言わないで。お願い、もっと真剣に話し合いましょう」

「僕眠くなってきた。風呂へ入るから。お休み」

佑多は、ソファから離れた。

風呂で頭を洗った。頭の中が、軽くなった気がする。自分の思ったことを、話してよかったと思った。母は祖父に話しに行くだろう。そうなれば、母の結婚は自由だと言っている以上、話はあまり変らないだろうが、とにかく問題に触れて、胸がすっきりしたことは事実だった。

しかし、佑多は自分に変化のあったことを気付いていた。学校へ行きたくなった。いじめられてもいい。いや、いじめを正々堂々と受けてやろうという気になっていた。なぜそんなふうに考え出したかは、それはわからないが、怖さが消えて、先方がはっきり見えているのが不思議だった。

翌朝、佑多は学校に行くと、仕度して食卓に座った。

「そう、学校へ行く気になったの。よかったわ」

そう言葉では喜んだが、伶子の気持は複雑だった。自分が結婚すれば、自立すると言った。学校へ行くということは、自立を止めて、自分の結婚を止めさせて、二人の生活を続けたいという意思か。将来のため、いじめを受けても高校を出て、大学受験をこの家で一人で続けてみる気になったか。佑多の意思がつかみ切れなかった。いずれにしても、昨夜の話を続けなければと考えた。

「元気でいってらっしゃい」

佑多に声を残して家を出た。伶子の方が早く家を出る。学校は二十五分だが、伶子の会社は電車に乗り、一時間近くかかる。

電車の中で、ひょっとするとと考えが出た。佑多は、浦和の祖父の家から、転校することを決めたのでないか。私も自分も自由だと言った。義父も私の結婚を認めてくれたようだし、伶子は明るい希望で、電車に揺られていた。

学校間近で、佑多の姿を見た春美が駆けてきた。

「よかった」

と嬉しさを溢れさせたが、

「でも気をつけてね。相手にしちゃ駄目よ」

とすぐ顔が曇った。

教室に入ると、驚いた目の集中を背中に感じた。机は前から二番目である。

「おう、拍手しろ!」

いじめの大将進が、音頭をとった。

「ソレソレ、マダマダ、モウ一ツ」

担任の山田先生が入って来た。拍手が止んだ。

「松谷君、よう来たね。病気はよくなったかい?」

「はい、長いことすみませんでした」

立って頭を下げた。

その日は、何も起こらなかった。春美が家へ付いて来た。

「よかったわ」

春美は、「ご飯、家で食べない」と誘ったが、うまいラーメン屋が見つかったからと佑多が春美を誘って、帰りに春美の家へ寄った。

時間を見計らって帰ったが、母はまだだった。久しぶりに紅茶を入れた。サスペンスのチャンネルをひねる。近頃新しいサスペンスが出るが、だいたい面白くない。やはりシリーズ物の方が面白い。

伶子が帰ってきた。機嫌がいい。

「紅茶とは久しぶりね。私にもちょうだい」

「いいよ」

佑多は、温めて持ってきた。添えてあるレモンを絞る。軽い味が喉を通る。

「おいしい。佑多、明後日コンパルシータへ食事に来ない？」

「僕、いいよ。近頃ラーメンに凝ってて、方々歩いてるんだ。その夜は、春美君をこの間発見した店へ連れて行く約束してるんだ」

「あの人、安川というの。その人に紹介したいの」

「せっかくの料理が僕が居ては、まずくなるし、別に会いたくもないから」

「やはり不賛成なのね」

「自由だと言ったろう。僕、寝る」

佑多の態度には、その話はもうごめんだということがありありと出ている。

金曜日の夜、伶子がまた言い出した。

「ねえ、コンパルシータが億劫なら、あの人ここへ連れて来てもいい？　お寿司でもとりましょうよ。明後日どう？」

「お互い自由になるんだし、別に顔合わせや挨拶しなくったっていいと思うけど」

「そりゃ、お母さんはあの人と結婚するけど、佑多の母であることには違いないし、改まって生活別にしなくったって、あなたは高校に行けばいいのよ」

「だって結婚する以上、向こうの姓になって、その人と住むわけだろう?」

「そこで佑多に相談があるのよ。私も今まで通りあなたの母として暮らしたいし、あの人のマンションあるけど、この木造の方が落ち着くから、ここに住んでもいいと言ってくれてるのよ。すると、あなたは今までの生活と違わないでしょ」

この伶子の一言が、佑多の癇にさわった。

「すると門の標札は、僕のとあの人のと二枚になるわけ?」

「ええ、そうなるわね」

佑多の顔が一瞬引き攣《つ》って、朱色に変った。心の中に、炎が燃え上がったが、頭の中は真っ白だった。二階に駆け上がると、直ぐ降りて来た。手にしたバットを野球のように振った。台所の食器棚のガラスが割れた。

「佑多、何をするの?」

半分恐怖の声で、止めた。

「お父さん、お父さんだって、この家壊したいと思ってるんでしょう。だから、この家壊すからね」

「それよりいっそ焼いちゃおうか、お父さん」

後の半分は泣いていた。佑多は客間に走り、ドアの出窓を突き破った。

伶子は、へたへたと座った。何がどうなったのか、伶子の頭の中も真っ白だった。

佑多は家を飛び出した。夢中で走った。店を閉めようとしていた春美の店へ飛び込むなり、倒れるように膝をついて、ワッと大声で泣いた。徳次郎は驚いた。

「佑多さん、どうした? 春美、春美」

と大声で呼んだ。飛んで来た春美も、足を竦《すく》ませて、声も出なかった。

「春美、佑多さんを二階へ」

二人で佑多を抱え起こし、後は春美が二階に誘った。徳次郎夫婦も上がってきた。女房が茶の仕度をした。

佑多の興奮も大分治まっていた。佑多は家を壊してきたことを話した。徳次郎にも、佑多の気持が理解出来た。それにしても、佑多の母が、子供のことより男に夢中になっていることがわかった。男と佑多の家へ住むとは、あんまりだと、佑多に同情した。自分と伶子とは五つくらいしか違わないが、それだけの違いで、女の気持の受け取り方もずいぶん違うと思った。佑多を泊めるため、隣の部屋に布団を敷いた。佑多を店から通わせようと考えた部屋である。

怜子は眠れなかったというより、応接室の出窓を塞がねばならなかった。鏡台や椅子、台所のテーブル、旅行鞄など重ねたり詰めたりしてやっと塞いだ。そして寝ずに待ったが、佑多は帰って来なかった。

「お父さんだってこの家壊したいと思っているんでしょう」

「それより焼いちゃおうか。お父さん」

この佑多の叫びは、怜子に応えた。和也をこの家に入れたら、本当に火を付けて焼いてしまうかもしれない。佑多の出方ではどちらか捨てねばならぬ時期にきたことはわかる。和也をこの家に入れることだけは最低でも延期せねばならぬ。帰ってきたら話そうと決めた。

5

伶子は、翌日安川和也に電話したが留守で、会社の引け時近くに電話があった。仕事の都合で仙台に来ているが、二、三日帰れないと言ってきた。それは、この際都合のよいことだった。

佑多は帰っていた。伶子と顔を合わせるなり、

「ご飯いらないよ、弁当買ってきたから」

冷たい声だった。

「あの明日の約束だけど、実は」

「あの人のことなら聞かなくていいから。あなたはあなた、僕は僕」

「冷たいこと言わないでよ。一番良い方法考えたいの」

「僕の頭また白くなるよ」

佑多の姿が消えた。途端にガチャンと硝子の割れる音、伶子の体はブルッと震えた。

佑多は魔法瓶やカップを持って、二階へ上がって行った。

壊していった。

佑多は、毎夜「お父さん、ごめんね。この家壊すよ」と叫びながら硝子戸や板戸などを

和也は伶子に、ベンチャー企業を仲間と立ち上げると話している。完成の目鼻がつけば、政府からの援助があり、株に百万単位の値がつくという。伶子は半年後の夢を見ていた。

週が明けて火曜日、会社へ出ると、男も女も三、四人ずつ固まって額を集めている。伶子の姿を見ると、一番近くの小さい輪が分かれた。

書類を抱えてコピー室へ行く途中、和也に電話したが通じない。コピー機には先着がいた。広い同室の社員だが異なる課の深井のぶ子である。和也の伶子の前の恋人だったという。

「惜しげなくあなたにあげたわ。気をつけた方がいいわよ」

と言った。伶子は私が勝ったと、優越感をのぶ子に感じたが、お互い嫌な女との印象を持った相手だ。

「調べに来た?」

と聞いた。

「調べ? 誰が?」

「警察よ」

それだけ言うと、出て行った。

伶子は、急に不安になった。昼食時にまた電話したが、通じない。午後は仕事も手につかない。課長に呼ばれた。第二応接室に警察が待っていると言われた。

警察は、伶子に和也との関係を聞いた。そして和也に渡した金のことを聞かれた。伶子は、逆に和也が何をしたかを聞いた。

「結婚詐欺だよ」

警察はこともなげに言った。

「えっ?」

と伶子は絶句したが、まさかあの人がそんなことをする筈がないと否定した。

「あんた以外に、四人の女から三千万取っているんだ。一体あんたはどんな理由で、七百万出したのか。つまり、結婚すると言われて出したのか、それとも単なる金の貸し借りかを聞いているんだよ」

伶子はそう問われて、どっちに答えたらよいか、頭が混乱してしどろもどろになる。大分時間が経った。警察は、

「結婚すると安川が言ったので、金を出したんだな」

と伶子に念を押し、後で警察へ来て貰うからと言って出て行った。

これからどうすればいいのかというよりも、早く和也に会いたかった。しばらく視線が空間に座っていた。考えがぐるぐる回って、纏まらない。席に戻ると、伶子に一斉に視線が集まる。家へ帰ると、体の具合が悪いからと佑多に断わって、ベッドに入った。

翌朝出勤しようか休もうかと迷っている時、刑事が警察署に出頭するよう伝えてきた。佑多は母の様子と刑事に、母の身に何か起こったことを感じた。母の出かけた後、新聞を開いた。

「ベンチャー企業とは大嘘。競馬、飲み屋の結婚詐欺。五人から四千万円」

と大きな見出しが目に飛び込んできた。佑多はピンときた。学校へ行く途中、コンビニに行ってスポーツ新聞を買った。記事は日刊紙より少し詳しい内容だ。あの男が結婚詐欺師と聞いて、佑多は母のためには喜ばしいことだが、あれだけ夢中になった母が、あっさりと手を引くかが問題だと思った。

伶子は警察の取り調べ室で、金を貸してやったのか、結婚を餌に騙されたのかどうか、改めて金の性質を問われた。伶子自身警察に責められても、もう一度和也に会って、本心を聞かねば心が決まらない。刑事は苛立って声を大きくするが、伶子は自分の気持も察して貰いたかった。

「あんたが男に惚れて貢いだか、結婚話を本当と信じて金を出したか、金を出した時、ちゃんと領収書取った貸し借りであったたか、警察はどっちでもいいのさ。他の女は、結婚話を餌に金を騙し取られたと言っているが、あんたはどうする？　今でも結婚を本当と思って、刑務所より出て来るの待つか」

そう言われて、伶子も渋々結婚詐欺を認めることにした。

伶子は、会社を休むと電話を入れて家へ戻ったが、佑多はいなかった。伶子は、そのまま横になった。和也とのことを考える。警察で他の女達は認めているのに、お前だけ信じるのかと追い詰められ、自分も結婚を種に金を出したと言ってしまったが、まだ心の半分は、自分との愛は本当だと信じたい部分があった。しかし会社へ出勤した時、上司や同僚の反響を考えると、このまま勤めを続ける辛さが身に滲みた。伶子は辞めざるを得ないと密かに覚悟を決めた。

佑多が帰ってきても、部屋を出なかった。台所のテーブルに、新聞の三面の和也の報道が開かれているのは、佑多も知って、自分を責めているのだとわかる。

翌朝、佑多は食事に降りて来なかった。伶子は出勤した。

「おはようございます」

といつもの挨拶に、頭の集りは割れ、誰も返事をしてくれなかった。昼時、人々は立ち上がった。

「松谷君、いくら貢いだ?」

「僕ならただでいいのに」

男達の何人かが問題に触れた侮辱の発言をする。セクハラで、上司に訴えられる言葉だ。

伶子はトイレに逃げた。出ようとすると何人かの足音がする。

「伶子さん、あんな男にどうして惚れたのかしら?」

「あんないやな雰囲気、男が欲しくなると、わからなくなるのね」

「深井さん、早く手を切ってよかったわね」

「被害は少なかったけど、松谷さんはかなりの額を狙われたと思う。死んだ旦那の保険よ」

「あののぼせようじゃ、そうね」

女達の楽しげな会話が続く。伶子は足音の少なくなるのに、耳を澄ました。

午後になって出て来た課長が席に着くや、伶子に応接室に来るよう命じて立った。すぐに人事係長も来た。伶子は二人に、深々と頭を下げて、詫びを言った。

「その件だが、君もこの職場では辛いだろう。日野に行く気はないかね?」

「人事課の配慮だ。通勤も出来る。会社にも迷惑をかけたが、個人的ミスだ。人事課の恩情をありがたく思って、受けたらどうだ?」

課長が言葉を添えた。伶子にはありがたい話だったが、これで係長になった先は駄目になった。

「明日ご返事いたしますから」

と一日の猶予を貰ったが、伶子の腹は決まった。

翌日、伶子は辞表を出した。課長は留めることなく、受理した。

伶子は翌日職業紹介所に行き、午後、夫の元上司の部長の田村を訪ねた。夫の死後、妻の玲子を会社に入れてくれた恩のある人だった。今は食通が縁で、畑違いの食品会社の顧問の肩書きで、悠々自適の生活を送っている。伶子は自分の過ちを正直に話して詫びた。田村はすぐ自分の会社に電話をかけ、社長と話した。伶子に明日その会社に行き、社長に会えと言った。伶子の料理の上手なことが縁で、伶子はその会社に採用された。

配属されたのは新食品の開発部の中の、弁当の研究であった。会社は弁当にも力を入れ、デパートでも好評で、販売網も広がり、売上げを伸ばしていた。男の上司の下に女性五人、五十代から二十代まで、四十代に伶子が入って二人になった。それぞれ意見も十分言えて、楽しい雰囲気の職場が、伶子にはありがたかった。一番古いのが四十代の金足昌子で、口数は一番少ないが、背は大きく、肉づきも豊かで、七十キロは優に超えているかと思われた。

伶子は、佑多に和也と別れたことを言わねばと思ったが、言いにくいことでもあった。佑多も自分を避けているが、一日一カ所バットでどこかを壊している。ガラスならガラス屋を呼べばそれでいいが、ドアや家具は自分では直せないし、止めても突き飛ばされて、家具に当たって打ち身や負傷するなど、佑多の家庭内暴力も、いつ治まるかわからない状態が続いた。

佑多は、学校に行っている。久しぶりに登校した時はいじめはなかったが、近頃ちょくちょくやられる。体育館の陰や帰り道の小さな公園で囲まれる。金を出せと言うが、母がパートで働いているから金はないと言い張ると、小突かれたり、転がされたりするが、まだ大きくやられない。佑多は春美に、帰りに奴らに囲まれたら、こっそり写真を撮っておいてくれと頼んである。いじめの大将は、同じクラスの進という、体格の大きな男である。

先生よりも体格もいいので、先生も内心恐れているふうがある。

佑多は、母の帰りが一定し、遅くないので男と別れたことは想像しているが、夕食は相変らず自分で作ったり、外食したりしていた。伶子は、時々前よりもおいしそうな弁当を買ってくるが、それも何回か手を付けたきりである。佑多も母の帰りが早いと、家を壊す口実がない。それがまたイライラするのである。

「お父さん、久しぶりに壊そうか。どこにしようか?」

と言ってバットを手にした時、伶子は佑多の前に膝を折って手をついた。

「佑多、お母さんが馬鹿でした。お父さんにも悪いことをしました。私、あの男とは別れました。そのバットで私を思いきり殴って下さい。それで私を許して下さい。佑多、ごめんなさい」

佑多の膝に縋った。自然に涙が出た。佑多の心を傷つけた申しわけなさが、胸から涙となって溢れた。

「わかったよ」

膝を引いて、二階に上がった。

佑多は、父と母の並んだ父の写真の分を切り取って、代りに、コンパルシータで撮ったあいつの写真を入れておいた写真立てに、父の写真を入れ元に戻した。

「返したからね」

と写真立てを母に差し出した。伶子は胸に抱いて、また泣いた。佑多も残酷なことをしたと後悔を感じた。自分の部屋に入ると、涙が出た。

その週の金曜日の朝、いじめの仲間から指令を受けた。最後の授業が終ると、仲間の一人が鞄に手をかけ、体育館に来いと言った。

進が、佑多の書いた画用紙を突き出した。

「何だ、これ?」

「だって僕、これしか知らないもの」

「馬鹿野郎、十六になれば、皆知ってるぜ、おい、一枚持ってこい!」

目の前に出されたのを開いて見る。女のあそこを書いたものだ。

「お前のは何も書いてないじゃないか。これは、幼稚園の絵だ」

佑多のは二本の股の線を書いて、その交わりに毛を書いたものだ。仲間のは、毛の生えた肉が二つに割れて、上の別れ際に三角の突起、その下に小さい穴、尻の交わり近くの方に大きな穴が書いてある。

「本当にお前知らないのか？」

「知らないから知らないって言ってるんだ」

「おい、公園に行こう」

進の言葉に、後ろから誰かが押した。一同は進を囲んだ。公園には、雨が降っていて人影がない。

「お前、春美のまだ見てねえのか？」

手下の軍三郎が言った。

「当り前だ」

「じゃ見せて貰え」

同じく富男が続いた。

「そんな失礼なこと出来ないよ」

佑多の答えに、進のビンタが飛んできた。

「貴様、月曜日までに書いてこいよ！」

進が命令した。

「いやだ。書けないものは書けない！」

「じゃ、十万持ってこい。それで許してやる」

「金はないと言ってあるだろう」

「俺の言うこと、聞くようにしてやろうか」

進の往復ビンタが代りばんこにきて、よろめいた。それが合図のように、佑多をいじめの真ん中に置いて、どこからも小突いた。進が佑多を投げた。土の道を体が滑った。ズボンからシャツまでが泥だらけになった。起きた体の首から上に、拳や平手が飛んだ。進の押した力に、体が木に勢いよくぶつかり、腕に痛みを感じた。いじめ部隊は去った。佑多は、壊れた傘に顔を隠して家に急いだ。

日曜出勤で、振り替え休日で休んでいた伶子は、佑多の体を見て驚いた。浴室に連れて行き、ズボンやシャツを脱がせ、パンツ一枚にして、シャワーをかけた。体にあざが出来、腫れているところもある。傷もある。頭は自分で洗うのを待って、伶子は佑多の背中を洗った。かなり太い枝が腕に突き刺さって、血が流れている。すっかり傷口を洗ってから、抜きましょうとシャワーを丹念にかける。体が温かくなる。母の服もびっしょり濡れている。伶子も上衣とスカートを脱いだ。

「今日は、何があったの?」

と初めて聞いた。

「僕、書けなかったから」

「何が？」

そう言いながら、伶子は上腕部の小枝を抜くと、

「痛い！」

伶子は構わず傷口に口をつけて、血を吸った。

「気持がいい」

吸われた小さなところから、佑多の体全身に気持よさが伝わる。佑多は母の一方の腕にしがみついた。

「お母さん、お願い、見せて」

佑多は、あえぎながら伶子の耳に囁いた。伶子は、佑多の声の異常さに気づいた。

6

「どうしたの、何なの？」

「お願い、そこ見せて」

薄い橙色のパンティの、濡れて黒くにじんでいるところを指差した。

「何を言うの?」

「そこの絵、僕書けなくて、今日やられたんです。月曜日に書いていかないと、又やられるんだ」

佑多のパンツが盛り上がっている。佑多は、半年前から、自分の部屋に絶対に母を入れなくなった。掃除も自分でするし、食べ物や洗った物も、ドアの外に置かせる。外出する時は鍵をかけて行く。それが三カ月程前、洗濯物を置きに行った際、ドアのノブが回った。興味で部屋に入った。鼻の中に瞬時に満ちた青臭い匂い、それはすぐわかった。そして屑籠にある粘っこいテッシュが何であるのか、性に目覚め出した少年に、佑多も育ったことを知った。布団の中には、女優の裸体写真がある。性の相手が写真集であればいいが、これが春美さんやほかの同級生であれば、困ることになる。伶子は、十六歳になった佑多に、初めて不安を持った。

その佑多が、とんでもないことを求めている。いかに子供でも、恥ずかしい。

「お母さんでも恥ずかしいわ」

「お願い、見せて！」

佑多の体が震えている。

伶子は、性に目覚めた高校生の不良達にこんな恥ずかしいことでいじめに遭っていると
は、考えも及ばないことであった。

「ママ、お願い！」

久しぶりに〝ママ〟と呼ばれ、今まで乾いていたいとおしさが急に膨れて抵抗は出来な
くなった。

「私だって恥ずかしいわ。少しよ、ちょっとだけよ」

濡れたパンティを脱いで下半身裸体で、マットの上に腰掛けを枕に仰向けになって、足を
少し広げた。佑多が屈んで見ている。

「よく見えない」

伶子は膝を曲げて、もう少し足を開く。こうすれば見える筈である。佑多は指で空中に
書いてみる。昨日見せられた画用紙の図と大体同じとわかるが、もう少し詳しく見たい。

「少し触ってもいい？」

「ちょっとだけよ、早くして」

「うん」

佑多の声と共に、指がクリトリスに触れた。思わず伶子の体が、ピクリと動く。佑多の指が下がる。

「そこはおしっこの出るところ」

佑多の指は下に進む。柔らかいところと感じた瞬間、指がぶすっと入った。というより佑多にすれば、吸い込まれた感じがした。佑多の方が驚いた。海綿のようにフニャフニャしたのが指先を包んで、柔らかく絞めながら奥へ引き込まれていく感じだ。

伶子は、大きく息を弾ませる。久しぶりのそこの刺激に、一挙に火がついた。誰でもよかった。強い強いあの刺激を求めている。

「お前、本当に女の経験ないの？」

「ないよ、本当だよ」

「じゃママが教えてあげる。前にお出で」

佑多の手を引っ張り、自分も少し寄って片脚を広げて正面に対し、佑多のパンツを手で下げる。そして佑多の大きくなった物を、指先で柔らかく包んで二、三度上下する。佑多は思わず「ああ」と呻いて、母の胸に倒れた。

「ここに入れるの。お前が世の中に出たところだよ」

と導き入れると、佑多の腰を両腕でかたく抱いた。

「静かに動いて」

と口では教えていても、伶子の動きは、強烈さを自分で導こうとしている。何分も持たなかった。

「あ、ああ……」

と佑多が伶子の胸に顔を埋めた。全身の力が抜けている。伶子はまだ足りないふうに動いたが、重いだけになる。二つの体が銅像のように溶けて動かなくなった。数分の時間が経過した。銅像に、意識が入った。

「さあ、起きましょう」

と伶子は身を起こしかけたが、

「体中の力が抜けちゃった」

佑多の体は、まだ柔らかい。伶子は、体をずらして起き上がると、佑多の手を引いて立たせた。それから仕度して、近所の外科医に行った。いじめの暴力に遭ったことを話すと、医者は頭の瘤《こぶ》や木片の刺さった傷、腫れた打ち身など、一カ月の診断書を書いてくれた。

夜ベッドへ入って、伶子は今日のことを考えた。世の中では忌まわしい「近親相姦」の言葉で呼ばれる中でも、最も興味を持つ「母子相姦」である。とうとう世間に顔向けの出来ない事実を犯してしまった。消しようのない事実、それが自分と佑多の間に、どんな変化がもたらすか、それを考えねばならなかった。二人は世間に公表することでもなく、その事実は隠し通せるが、飽くまで母と子の間にどのような変化が生ずるか、中でも自分は一回切りのこととして忘れることが出来ても、佑多がこれからの人間としての成長にどうかかわるか、考えれば深刻なことだが、伶子は、あの行為は、母としての究極の愛情の発露と考えた。

佑多だって性に興味を持たない筈はない。しかも経験をもった性を、今後どう指導して行くかが問題だ。伶子は佑多が春美さんと今までのように、清らかに明るく交際していけるか。性の相手としていくことができるかどうか。そこが問題だと思った。相手はどんな人かわからぬが、いずれ覚えることであるが、色のつかない佑多を初塗りして味を知らせた責任は自分にあり、一生こだわらねばならない事実を認めた上で、私の愛の究極だという信念を曲げまいと考えたが、体が満たされた故か、眠りは早かった。

トントンとノックする音、伶子は反射的に起き上がった。返事がすぐ出来ない。そうれ、来てしまったと不安を持っていたが、その対応が出来ていない。

「ママ、僕眠れない、ここ開けて」

伶子の返事は、まだ決まらない。

「お願い、ママの側で眠りたい」

佑多のその言葉で、負けてはいけないと結論した。

「私、頭が痛くて。眠り薬を飲んでるの。部屋に帰って、休んで頂戴」

「ママ、開けて、開けてよ」

とドアを叩く。伶子は、ドアを開けねば、佑多はバットを持ってきて、ドアを壊すかもしれないと考えた。その時はその時に、対応を考えようと腹を決めた。

「だめです。いい子になった筈でしょう。帰りなさい」

佑多の足音が離れて行った。

朝、想像通り佑多の機嫌が悪かった。朝の挨拶もなければ、夕飯も外食してきたり、自分で作ったりで、夕食を共にしなかった日が数日続いた。佑多の絵が合格したかどうかはわからないが、暫くいじめはなかった。

伶子は、あの問題について、話し合わねばならないと考えている。また浦和へ行って、義父に男と別れて佑多とうまくいっていることを話したいが、佑多との関係は不明である以上まだ行けない。

会社は、大分同僚と馴れてきたし、料理の好きな伶子は面白くなってきている。ただ一番古い昌子とは、彼女の胸の中に入って行けないカーテンが相手にある。話しかけることには答えてくれるが、相手からは会話が少ない。気に入られていないとは思わないが、口数の少ない中に、何か心配ごとを抱えている人でないかと伶子は感じている。

あれから五日経った。

「いや、僕が嫌いらしいから」

伶子が夕食を一緒に食べてと言ったことの、返事であった。

「どうしてそんなこと言うの？」

「僕の頼み、聞いてくれようとしないじゃないか」

「頼みって、何でも言ったらいいじゃないの？」

「僕を寄せつけないじゃないか？」

話を続けては、佑多はますますこじれそうだ。

「ちゃんと聞くわ、後片付けしてからね」

夕食の後片付け、洗濯など一応終ったのが八時を過ぎていた。

「佑多、あなたの頼み、聞きましょう」

佑多はもじもじしている。

「どうしたの？　さ、話して」

「ママ、今度背中流して上げる。一緒に入って」

伶子の予感は、当たった。

「お願い！」

「先日のことは、教えただけ。だからもうないことよ。母と子ですもの」

「いやだ、お願い」

佑多は、伶子の膝に抱きついた。顔を膝に乗せる。佑多の顔を持ち上げようとするが、顔は力を入れて、腰に回した手をだんだん締めてくる。

「佑多、離れなさい。腰かけなさい」

「ママ、この間は、天国に行ったみたいだった。ね、お願い」

体を伸ばし、体で伶子を押さえようとする。

「佑多、駄目よ。わかって」

「僕、爆発しそう。ママ、何とかして、助けてよ」

佑多の気持はわかるが、自分が負けてはならない。

「佑多、わかりなさい」

声を強くする。

「僕、もう耐えられない。ママと住んではいけないなら、僕家を出る。それしかない」

佑多は離れると、二階に駆け上がり、バッグを持っている。

「お母さん、さよなら」

本気か脅しか、それがどちらでも止めねばならない。伶子は、覚悟した。

「佑多、お出で」

佑多は荷物を放り出し、再び伶子に抱きついた。

「お風呂に入りなさい。一人で入るのよ。私のベッドで待ってなさい」

「はい」

佑多は、勢いよく風呂場のドアを開けて姿を消した。伶子は、佑多が風呂に入っている間に、自分が姿を消すことも考えたが、その思いはすぐ消えた。佑多のただで済むまい荒れが、怖かった。

佑多が風呂から上がった後、伶子はわざとゆっくり入っていた。その方が佑多も冷めよう。でもどうしてもと言ったら、どう扱うかを考えた。

横になった伶子に、すぐに佑多は抱きついた。そっと触れてみる。膨張度は、最高まで上がっていない。

「そのままにしていなさい」

伶子はベッドを降りると膝を折り、佑多のパンツを下げ、指で刺戟する。佑多は直ぐ「あっ！」と声を出し、最大の膨張に達する。伶子は体を伸ばして、口に含んだ。三度もしごくと、佑多は腰を浮かして、

「ママ、助けて、もう待てない、あっ、あっ」と絶叫し、体は大きく震えて、一挙に体の力を抜いた。伶子は口一杯の物を紙に吐いてから、佑多の体を手で押しても反応がない。完全に虚脱状態だった。

伶子は冷蔵庫よりジュースを出した。一口飲んだ味は格別だった。自分の高まりは消えたが、自分の体も満足したように、澄んでいた。

小一時間が経って、佑多が起きてきた。

「僕すっかり眠っちゃった」

「もう、ぐっすりだったわ」

「何か体が軽くなったみたい。ママ、僕おかしくなかった?」

「おかしいって、あなたはどうなったの」

「どうなったかって、形容ができない。突然天国、この間の天国より、もっともっと高い天国、ここが天国だと思ったら、もうわからなかった。男には、あんな天国があるんだなあ」

オナニーとどう違うかは説明できないが、母の唇と指が天国の楽譜を奏している感じだ。

伶子は、そこまで聞けない。佑多は形を改めた。

「ママ、僕いい子になる。学校へ行く。塾にも入る。そして受験する」

「その言葉聞いて嬉しい。本当に頑張ってネ。けど、いじめはどうする? この間の診断書学校へ出そうか」

「放っておくよ。やられたって、危なくなりゃ逃げるさ。僕平気になっちゃった。ママがついているから、もうびくびくしない。それに、僕あいつらに、負けない力を持てばいい。来年びっくりさせてやるから」

今まで聞いたことのない、佑多の言葉だった。佑多は変った。あのことが、こんなに佑多を変えた。伶子は佑多の言葉で自分の究極の愛に自信を深め、犯してはならぬ罪の負い目を消した。

「僕爆発する時、また助けてね。今十七歳少年の色々な犯罪が起きているけど、爆発しそうになった時の気持わかるな。僕だって、もしママが助けてくれなかったら、僕自分で怖くなる」

その佑多の言葉がきっかけとなって、伶子の助けは五日毎に決まった。伶子は一週間に一日を固執したが、佑多の脅しに負けた。

だが、それからの佑多は、本当によい子になった。伶子はその大きな報いに、後悔はなかった。

伶子は佑多と共に、祖父のところへ行った。そして安川とのことを正直に話し、詫びた。

「お祖父《じい》ちゃん、お母さんは僕のところへ戻ったから、僕もいい子になるんだ」

心配していた祖父も、喜んだ。「よかった、よかった」と安心と嬉しさで、言葉を重ねた。

「伶子さん、本当によかった。佑多も一番危ない年頃だからな。佑多が大学へ入れば、大人になって、考えも変る。そうしたら、伶子さんの新しい人生を始めてもいい。一生夫に仕えるとか、舅《しゅうと》、姑《しゅうとめ》の面倒を見るなんて、そんな考えはだんだん無くなる。今の介護保険だって、親の面倒を見ることはないと書いてある」

「体の弱ったお父さん、お母さんのお世話をせねばならぬ私ですのに、別に暮らしていて、申し訳ないことです」

「いやいや、ホームヘルパーさんの支援を受けているから、心配はいらんよ。家に来ているヘルパーさんの一人は、女として最高の職場に勤めていたのを、お母さんといっても九十近いが、喉を切って栄養を管で送り、脳は眠っているだけ。けれど床擦れやおしめの始末のため、職場を辞めて看病していたが、今は病院に入れている。そして、ヘルパーになったが、その収入は七万から八、九万で不安。病院の支払いにも足りず、自分の持ち出し。こういう親の看病のために、離職する婦人層を減らすためを考えての介護保険であったが、身内を看病すると言っても土地の環境、家庭の事情、そして個人の思いもあるし、むずかしい長寿国だよ」

「お父さんもお母さんもお元気で、ありがたいことです」

「いやいや、年寄りは今日は元気でも、明日のことはどうなるか。死ぬまで元気で、ぽっくりいけば一番いいんだが……」

「お祖父《じい》ちゃんにぽっくり逝かれちゃ、僕困るよ」

「どうしてだい?」

「お祖父《じい》ちゃんに教わること、いっぱい残ってるんだもの。学校の先生の言うことより、お祖父《じい》ちゃんに教えられることが多いんだ」

「それがわかる佑多は、偉い。今日は伶子さんからも、佑多からも嬉しいことを聞いた。長生きしていてよかったよ」

祖父の眼から一粒、伶子はこれが身内の愛だと思った。

「佑多に、私の持っているもの、一つでも多く残しておかなくっちゃ。そうだ、佑多の個人塾を開こうか」

「そりゃいい。土曜日の午後、そうしてよ。お祖父《じい》ちゃん」

「うん、やろう。そして、土曜日は泊り塾にしよう」

「ますますいいや」

「そうだ、よかったら春美さんも塾生だ」

「彼女も喜んで塾生になるよ。土曜の泊り塾、手を上げて喜ぶよ」

嬉しい春美への土産話を持って、二人は帰った。

7

五日毎と約束を守った伶子は、日を経ると自分も没入することが出来、体も気分も爽やかに思えた。そういう伶子に、同僚達も「元気ね」と声をかけてくれたが、昌子は手首に包帯をしていた。

次の週に入ると、昌子は片足を引きずり、眼帯をしていた。伶子が心配して聞くと、

「家でちょっと」

と触れられたくない様子で、席を離れていった。

午後三時頃、二階から道具類が崩れ、人間が転げ落ちて来た。服装から昌子と知れた。ほとんどの係の人が集まり、口々に心配し、助け起こそうとした重い肉体は、痛がって起きられない。医師も拒み、「少し休めば」という昌子の願いに、伶子は枕を作り、薄い毛布で下半身を覆った。係長の意向で昌子を帰すことにし、伶子に送り役を命じた。タクシーを呼んできた。住居は、伶子の町名と違うが、隣の町であり、千五百メートルくらいしか離れていない。

新しい三階建の住居である。部屋まで送ろうと言うのを、昌子は頑強に拒んだが、玄関の前でまた転んでしまったので、伶子は構うことなく上がり、洋間に運んだ。伶子は、驚いて見渡した。ドア、戸棚のガラスは無く、道具類も壊れている。

「見られちゃったら、仕方がないわね」

昌子は、寂しく笑った。体がどうにも動かぬようだ。医者へ行った方がいいと言ったが、

「慣れているの。薬もあるわ」

と昌子は拒んだ。この体では、夕食の仕度も大変だろうと思ったが、亭主は泊りがけの講習中、息子も多分帰って来ないだろうと言う。それでは簡単な食事を伶子が作ろうと言った。昌子は家の中を見られて、裸になった気楽さからだろう、人が変ったように軟らかくなった。一足も二足も踏み込んで、親しくなった雰囲気で、子供のことなら話し合ってみてもよいと思った。明日出勤するとなると、この体では大変だ。途中で転びでもしたら困ると、泊って手助けしようと思った。昌子も素直に受けたので、佑多に同僚のところに泊ることを電話した。

夜の雑談の中で、同居だけの夫は三階に住み、二階は息子、下に昌子が寝るという妙な同居関係であることを知った。子供は同じ学校のしかもクラスも佑多と同じクラスとわか

り、そのことも二人の親密感を深めた。

風呂から上がって、昌子の紫色になった背中に湿布剤を貼ったり、薬を塗ったりしたが、背や腕、脚のあざの数には驚いた。昨日の分は、腫れている。

夫金足光一とは、川崎の高校の教諭同士で結ばれた。だが前から子供のいる女と半同棲、結婚後も続いていることがわかり、別居を一昨年した。だが当時二人でローンを組んだマンションを、夫は勝手に売却した。昌子には三百万円しか渡さなかった。それで子供を連れ、佑多の祖父のいる埼玉県にアパートを借りた。そこで子供がいじめに遭い、県の教育委員会に訴え出たが、これが昌子の言葉では「話にならず」で、また川崎に戻った。現在の住宅を新築することで、昌子もローンを借り、同じ屋根の下の生活となった。

翌朝伶子は、歩行困難の昌子を介添えして出社した。仕事で動くことの不自由な昌子に代わって、その分働いた。昌子は感謝して、伶子の誠意を心からありがたく受け取った。

昌子は、伶子の家に礼に行きたいと言った。礼など欲しくないが、家へ来れば家庭内暴力の同じ子を持つ者同士として、一層近くなるのは必然だ。伶子は、佑多と春美が浦和の祖父の家に、泊りがけの塾で出かけた日、昌子を家に連れてきた。

昌子は伶子がなぜ家に誘ったか、その意味がわかったような顔をして、家の中を見回し

ていたが、

「いつも明るく朗らかな顔しているあなたに、私と同じ家庭内暴力の子供がいるとは?」

「その話は、後でゆっくりしましょう」

と二人のささやかなパーティーは、コーヒーから始まった。夕食は話に身が入り、作るより弁当を買ってこようとの話も、毎日弁当作りの仕事ではそれも芸がない。こういう時は寿司に限ると話がまとまった。弁当は作っても、寿司は別の世界である。


気を許したように、昌子は身の上話をした。昌子は、結婚前の時にはわからなかった夫の性格を知り、中でも女の子を持つバツイチの女とは別れる気配のないところから、離婚を迫ったが、絶対応じなかった。せめて子供を産んだらと期待して二人の男子をもうけたが、子供への愛情も薄かった。ボール投げしようと言っても、相手をしてくれなかったし、家族で旅行することもなかった。

子供が中学へ進むと、完全に父親に反抗した。夫は、前からの愛人の女の子には、何でも買い与えるが、実の子には最低の小遣いしか与えなかった。子供が反発するのは当たり前だ。態度が気に入らないと、すぐ殴る。妻にも子供達の見ている前で、殴る、蹴る、髪を握って引きずるなどの暴力沙汰で、子供も母に離婚を迫ったが駄目なので、同居の別居を宣言し、食事も別にして子供を何とか納得させた。

夫は昌子に相談もなく、家を売ってしまった。その家の建築には、昌子も半分ローンを組んだのに、三百万しか渡さず、昌子は子供を連れて埼玉に移ったが、子供の事情でまた川崎に戻ったところ、新たに家を建てるというので、三階にして別居状態を鮮明にすると共に、また勝手に売られないよう抵当権はつけた。けれど、離れていれば、印鑑の変更でもそういう面の悪の手は得意なので、同居する方が安心だった。女の子供の大学進学には熱を入れているのに、自分の子の進学には冷淡だった。そうしたゴタゴタから、次男の純は父を殺して自分も死ぬとまで言い切った。だが結局は、自分だけマンションより飛び降り自殺した。これを機会に、昌子は離婚を決意したが、夫は判を押さなかった。兄の進は弟の自殺後、人が変った。

はっきり別居状態をつくったのに、光一は相変らず昌子に体の関係を迫った。その騒ぎが嫌で、時には進が出て行って、追い払った。腕力では父に負けなかった。そして階段や母の入口には鳴物で、父の入室がわかるようにした。

しかし、機会はいくらでもあった。進も悪友や女の連中と遊んで遅くなったり、泊ることもある。当時母は勤めていなかったので、父は午後早く帰ることも出来る。進のいない時は、昌子は体に負けて、部屋に入れた。一番女の肉体が熟れて、求める時期である。父が降りて来て、母を誘う時は、進は家具や什器類をバットで壊した。進が不在の時、母が父に許せば、子供は勘でわかった。それが昌子へのバット暴力となった。

昌子は、粘土で次男像を作っているという。次男は、小さい時から写真を嫌った。今となっては、昔を偲ぶ写真がない。昌子は、次男の印象の薄くならないうちと粘土と取り組みながら、次男に自分の昔の弱さ、そして今のだらしなさを詫びている。

次男の葬式の時、父の光一は学校から弔問に来た先生達を追い返した。その情の無さと失礼さ、父を怨み、自ら命を縮めた息子への非情さ、弟の代りに父に復讐したいがそれが出来ず、進はいじめの大将になった。父の光一は東京の西の市に転勤させられた。

昌子は家庭の内情を、それこそ赤裸々に打ち明けた。

夕飯も終った。お茶を飲み終ると、

「お宅の話、聞かせて」

昌子は、すぐ問題に入ってきた。

「うちの話なんて簡単なものよ。ただちょっとだけ気に入らないと、暴れてみるだけ」

「いつ頃から？　長いの？」

「息子の暴力は、四カ月くらい前からかな」

「今は?」

「もう止めて、元のいい子に戻ったの。いえ、もっといい子に戻ったと言ってもいい」

「暴力の原因、止めた原因、それ何なの?」

「それは私が悪かったの。私再婚しようと思った。子供の焼きもちでしょ」

「子供さんは、反対だったのね」

「私の心を察すると、ひねくれちゃって」

「それが子供の心理じゃない?」

「そうだと思う。お母さんの自由に、お祖父《じい》ちゃんも仕方がないと言っていたとひねて言うの。そして働いて自活する。そのため料理を習っていると一方的に言って、相談を受けつけないの。私は素直な子供だから、諦めて許してくれたと思った。甘く見たというより、私が夢中で周りが見えなかったのね」

「それは仕方ないわ。それで再婚話どうなったの?」

「悪事がばれて、会社は首になって、刑務所に入ってそのまま立ち消えよ」

「それで、子供さんはバンザイで、元に戻ったの?」

「まあ、そうね」

「つまり子供の嫉妬か。再婚ということになれば、三つや四つの幼児なら連れて行けるけど、中学、高校になれば、新しい父として馴染めないし、自立して一人で暮らすことになるかもしれないし、不安材料がいっぱいあるわけだ」

「子供に自立すると言われた時は、ショックだったわ。縁を切ることになるんでしょう。それも仕方がないと思ったわ」

「結論はそうね。再婚という新しい人生と、夜の喜びが味わえるんだもの、わかるわ。女は悲しいわね。あなたは良い夫を病気で失い、男はもうコリゴリという辛さを経験してないから、再婚という菌には弱いわけだ」

「そう言われれば、確かにそうね」

「そこへいくと、私は複雑。離婚した相手とよりを戻したわけではないけど、同じ屋根の下にいて、時々体を満足させる。これが絶対駄目と心と体が強ければいいんだけど、時には満たしたいからねえ」

「お子さん、あなたのそこに腹が立つんじゃない?」

「子供の心には、憎い父と別れたのにまだ関係していると思っている。怒るのは当たり前。

情けないのは、四十女の性欲。お寺で座禅組まないと消えないかな」

「あなたに、お子さんが暴力を振るうとき、お子さんの性はどうなの?」

思わぬ質問だったようだ。

「うちのは、いかれた女の友達が一杯いるし、時々泊りの時もあるから、不自由していないと思う」

伶子には、拍子抜けする答えであったが、続けて昌子が問うた。

「お宅は、欲しいと思う時ないの」

「夫が死んで、再婚しようと決めたのは、確かに満たされない寂しさがあったと思う。夫が死ねば妻の性欲は消滅するものならいいけど、世間に出て男の香を嗅げば、欲しくなるわ」

「それで、一旦惚れた男に失望した今は?」

「どうして、そのことにこだわるの?」

「だってバツイチの女性には重大問題でしょう。昔は二十六歳頃には、お茵《しとね》辞退という、女にとってはこの上ない悲しい習慣があったわ」

「それは偉い階級の人達で、一般の庶民にはないことでしょう」

「上層の女のひとは、我慢するよりしようがなかった。これ以上の虐待はなかったと思う」

「それと比べれば、結構な世の中になった。それも食べ物が全然変った。昔の女にセックス欲が少なかったのは、食べ物のせいもあると思う」

「私達、何を話そうとしたのかしら。変な話題になったわね」

「本当……。話題を変えましょ。どこからだっけ？」

「子供が暴力を振るう時、子供の性はどうなるって聞いた」

「そうそう。あなたの息子さんには、性の相手の友達がたくさんいるから、不自由はしていないと言われたけど、いいわねと言った方がいいのかしら」

「それは私にもわからない。性の暴発は止められているかもしれないけど、もっと欲望が大きくなれば……。わからない」

「そうか」

「ところでお宅の坊や、相変らず壊し屋やってるの？」

「それが今はとってもいい子になった。壊し屋も止めた。学校へも行っている。勉強も本腰でやっている。私にも親切だし、今までで一番いい母子関係になって、お釣りがくるくらい」

「それはどうして?　きっかけは何?」

「母と子の信頼が戻ったからと思うの」

「再婚を諦めたということ?」

「再婚をやめたことで、信頼が戻ったことは事実よ」

「それだけ?　ほかにも何かきっかけがあるんじゃない?　どんな話し合いしたか、どんな約束したの?」

「さあ、別に約束や話し合いはしなかったわ。ただ自然の成り行きよ」

真実は別にあるのだが、昌子に語れるものではない。

その頃、浦和の祖父の家では、佑多と春美が、野良ネコの話を聞いていた。

8

その話は、お祖父《じい》ちゃんの憤慨の話から始まった。

祖父には八年程前から喘息発作があり、その頃は救急車の世話になる回数では、一番多かった。ここ一、二年は発作を起こすこともなくなったが、その代わり肺炎になりやすく、年一、二回は熱が下がらないため入院した。

春も終りの頃、戸籍を入れてないノラネコの娘の方が、床下で出産した。数えて八匹。孫が生まれて婆さんとなったネコと、母となったネコ、それに同居しているオス、メスのわからないのが一匹とで、総勢十一匹の餌は大変であった。

この際餌をやらねば一番いいことだが、祖父夫婦には動く生命を見ては放って置けず、餌をやり続けた。それに子ネコ八匹が庭で木や石に戯れているのを見ていて楽しいものだが、餌を持って行っても、子ネコは祖父の姿を見ると蜘蛛の子を散らすように逃げた。それに隣の空地に、三軒の新築が始まった。苦情が出るのは間違いないのだ。祖父は心を鬼にして捕獲する決心をした。

まず物置を半分に区切り、そこに缶詰にして捕ろうと試みたが、物で空き間を塞いでも、物の陰へ逃げ込まれたり、区切った所でもほんの僅かな所から逃げ出して、これは失敗。次は出口付近を板や戸で囲い、そこへ餌を置いたり、空箱を用意し、網も買って押さえようとしたが、まさかここは飛び越えまいと思ったのに、子ネコの跳躍には驚くだけ。最後は獣医に相談し、腰が抜ける薬を餌に混ぜても、効いたのは子を産んだ母親だけ、あとはまったく効かずで、腰の抜けた母が子ネコを呼んで舐めてやり、子ネコも親を心配して側を離れぬのを見れば、また可哀相さが増すばかり。それ以上の捕獲の試みは、行動不自由の祖父には無理となった。

動物指導センターに事情を説明すると、犬は引き取りに行くが、ネコはセンターに届けるのが規則だという。育ちの悪い、あまり動かない二匹を捕えて、動物センターに届けた。市の一番北端にあり、タクシー代に九千円かかった。それ以上はどうしても手に負えない。祖父は、知事に事情を訴える手紙を出した。

子ネコ共は、日増しに可愛くなってくる。鼻の先が小指の爪よりも小さく白いのが、祖父の膝に手をかけるようになっていた。朝五時、夕方も五時ともなれば、内玄関の前に十一匹並んでいる。祖父は体が悪くても、朝は五時に起きて、ご飯に魚を入れて餌を作った。夕食は当然魚が多くなり、あらを買いに行くのが励みとなった。それでも何とかして動物センターに届けねばならない。

知事に手紙を出して五日後、動物センターより、これから檻を届けるからと電話があった。そして檻を二つ持って来て、捕り方を色々教えてくれた。

最初祖母《ばあ》さんネコと子供を産んだ母ネコが入った。食べかけの餌を蹴散らかして、檻から出ようとして暴れた。動物センターでは、すぐ取りに来てくれた。その夕、餌を食べに来た子ネコ共は、二匹ずつに分かれて、不安気にしている。祖父の姿にたちまち逃げた。こうして全部を動物センターに送るのに、五日かかった。その最後の子ネコ二匹が、動物センターの手で連れて行かれる時、祖母は、

「寂しい」

と言って泣いていた。祖父はご飯に魚を多くしながら、「ごめんよ。こうするより仕方がないんだ」と別れるネコ共に詫びた。動物センターでは、送られた翌日ガスで殺すのだそうだ。祖父は皆捕えるまで待って貰って、一緒に死なせてやってくれと頼んだ。

祖父の心配は、もし一匹、二匹逃げたら、どうして生きてゆけるかということであった。この辺では、ノラに餌をやる家はない。腹を減らして泣いている声が、当分耳から離れなかったに違いない。一応全員が揃って天国に送られたことが、せめても祖父の心を救った。

そして自分が死んだら、飼った犬、ネコ共が

「小父ちゃん」

と集ってくるだろう。そうしたらノラの子ネコ八匹に名前をつけて、松谷の家族にしてやろうということを聞いて、春美は、

「何てお祖父《じい》ちゃんは、優しい人なんでしょう」

と泣いた。

祖父がネコ共に困ったのは、食事に集まる内玄関前を歩くと、ノミがつくことであった。風呂場でシャツ類を脱いで、シャワーを浴び、下着、シャツ類を取り替えてから座敷に入る。それまでしても夜布団の中にノミがいて、ノミ取りをしなければならなかった。祖父は痒みに弱く、ネコのノミに刺されたところは、背と言わず腹、脚に赤い斑点が散らばり、さっそく病院で薬を貰ったが、不思議に痒くない、それはありがたい、初めての経験であった。

春美が感動したのは、ネコの母の愛情であった。

子ネコを産んだ母親が、まだ子ネコの時のことである。夜十時頃、家の中で子ネコの声がするので、玄関を開けてやると、今は祖母となった母ネコが玄関の前に座っている。家の中にいた子ネコが、母ネコに飛びついた。親は盛んに毛を舐めてやっている。子供が家の中にいることを知って、玄関の前で待っていたのだ。

これと同じことが起きた。午前三時、トイレに行こうと起きると、子ネコが鳴いている。玄関を開けてみると、母ネコとその母、つまり祖母ネコの二匹が玄関の前に座っている。おそらく子ネコを探しているのだろう。妻も起きて探すと、思わぬ所から飛び出した子ネコは、母親に飛びつく、親ネコは、毛を舐めてやる。祖母ネコが二声、三声ニャンと声を出したのは、多分孫ネコに、「いけないじゃないの」と叱ったか、私達夫婦に礼を言ったのかわからないが、三匹喜んで連れ立って去って行った。

午前三時、じっと待っている親心、現代の人間の母親よりは、ネコの母性の方が愛情が強いのでないかと、祖父は言った。

人間は産んだ赤ん坊を育て、学校に行き諸諸《もろもろ》のことを習い、その段階で親子や幅広い人間としての愛情というものを教わり身に付けていくことになるが、動物の世界では、生まれ落ちた瞬間から自分で生きねばならない。犬やネコの場合、ある期間母と子は一緒に暮らすが、結局自立することになる。一番長い間、親の愛情で育てられた人間が親を殺し、子を殺す。自分を産んだ母親が病気になっても、看病どころか見舞いにも来ない。一方親が金のためや、相手の男次第で子殺しを簡単にやるようになった現代、動物の母性愛の方が深いのでないかとの話に、人間とは悲しいな、と春美はお祖父《じい》ちゃんに会う度に、新しい大きなものに啓発されてゆく気がしていた。

祖父の家の野良ネコ退治には、ネコは動物センターに届けることになっているのを、知事は困っているようだから応援してやれと、動物センターに指示したのであろう。動物センターが積極的に応援してくれたことは、知事が自ら規則を破って県民を助けてくれたことで、行政には、規則が中心となって、人々のなすべきこと、してはいけないことなど取り決めがあるが、その行政には県民、市民に対して、強い順守の指導と共に、温かい思いやりが必要であり、社会福祉協議会の職員も、埼玉県土屋知事の心をしっかりと受け止めて欲しいと言った祖父の言葉は、佑多と春美の心に深く刻み込まれた。

伶子の家では、佑多がそんなによい子になった原因を昌子から聞かせてと手をつかれ、息子が暴力で泥だらけになり、傷の手当てをしていた風呂場で、やむを得ない突然の成り行きから、息子に性を教えた秘密を打ち明けた。昌子は、無言で伶子を見詰めた。

「驚いた？　あきれたでしょう」

実際ただ黙って見詰める昌子の長い瞳に、伶子は昌子の反応を求めた。

「ううん、よくそこまで覚悟というか、何と言ってよいか、言い方が見当らないけど、自分を捨てた行動、それが母の愛とは考えつかないことだったわ」

「私の行いが、実際は人倫の道に反すると、非難されることはわかっている。でも現実に文句の言いようのない程いい子になった。人の非難は受けても、私は後悔しないわ」

「お子さんの心境は、どんなかしら？」

「安心かな。私が他の人に心を移して絶望した思い、私に復讐する気が暴力行為となった。それが消えて、新しい母と子が結ばれたと素直に感じているわ」

「それはうちの場合も同じ。暴力で家を壊し、私を打つのも、自分が嫌いな男と、隠れてセックスしているのが、許せないのよ。私の場合も復讐と思う」

「それに嫉妬も入っているわ」

「けど復讐といっても、自分の父よ」

「それだからこそ、憎悪も強くなることもあるんじゃない?」

「そうかもしれない」

「弟さんが自殺した思いもある。それにこんな男が父親かと、前々からの憎しみもある。これは消えないと思う。けど、私は昔のような母と子になった」

「聞いてよかった。胸の中の固い物が、溶けていきそうな気がするわ」

「恥ずかしいことを話した恥ずかしさ。私の気持も救われたわ」

「あなたと知り合って、よかった」

「そう思って貰えば嬉しいわ。職場ではあなたが先輩、これから何でも相談出来る」

「それはこっちの話、いろいろ相談に乗ってね」

「それであなた、お子さんとどう向かい合っていくの?」

「そこよ。家《うち》のはお宅と違って相棒がたくさんいて、セックスには不自由していない。あなたの捨て身が通用するかどうか」

「慎重によ、とにかく自分の味方と安心させることだと思う」

「わかった。私なりに考えてみる。本当にあなたと知り合ってよかった」

昌子は同じ言葉を二度言った。

昌子の気持が、伶子に素直に伝わった。昌子の伸ばした手を、伶子の指は強く包んだ。

9

それから数日後、昌子の子の進に問題が持ち上がった。遊び女仲間の親から、娘を妊娠させたことに対しての賠償であった。親からの手紙で、応じなければ弁護士に頼むという手紙で、これで二人目である。最初は百万円の要求を、五十万円で示談にした。親権は父親の光一にある。

父親は、

「お前、自分で払え」

当然の言葉だ。このことに関しては、進も弁解出来ぬ。

翌日、光一は昌子に言った。離婚しているのに、新婚の時以来の言葉である。

「温泉に行こう」

「私と？　離婚している仲ですよ」

「いいじゃないか。進の問題も話し合おう」

「その話ならここで出来ます」

「行かなきゃ、お前が払え」

「私には無理です」

「じゃ行くんだな。信江も一緒だ。三人で仲良くやろう」

にやっと笑う意味を、昌子は悟った。

「嫌ですよ、そんなこと」

光一は、近頃景気がいいらしい。飲んで帰る回数も増えているし、背広も新しい。中学校の教員として、給料以上の収入がある筈がないが、教員の仕事以外に、裏で何かしているのだろう。

その日光一が、強引に「行くんだ」と昌子に命令口調で言った。信江も子供も新品を着ている。昌子も行ってやれという気持になった。

行く先は伊東だった。旅館で、信江は盃のピッチを上げて機嫌がいい。昌子も嫌いな方ではないが、自分は酔ってはならなかった。

食事も済んで、女中が床を敷きにきた。光一を上に、下に女二人のを敷いて女中は出て行くと、光一は、自分で床を近づけ、昌子と信江を両脇にした。

昌子は下の布団を次の控えの間に引いて行くと、光一が戻し、信江が戸棚から一枚出して二つ折りにし、子供を移した。

昌子は、買い物に行って来ると洋服に変え、光一の声を振り払って部屋を出た。昌子は、その夜戻らなかった。小さな旅館に寝た。

翌朝昌子が戻ってきた時、光一は不機嫌だった。信江一人、機嫌がよかった。

家に帰ると、光一は進に言った。

「お前のことは、昌子に任せた。まったく質《たち》の悪い十七歳だ」

「質の悪いのは、手前の血筋だ。教諭として手前こそ反省しろ!」

進が突っ掛かった。

「偉い口を利くな。お前はこの家に相応しくない。出て行ったらどうだ？」

「お袋に金渡したら、出て行くよ」

「渡す金があったかかな」

「何？」

進は、バットを持って来るなり、光一の背中に振るった。

「おい、止めろ、暴力は止めろ」

「言ってわからぬ奴は、暴力も仕方がねえ」

階段に逃げた後ろ姿の腰に、三つ目のバットが届いた。

昌子は一言も発せず、冷ややかな目で眺めていた。進がすぐ降りて来た。

昌子は、父と子の憎しみ合う争いに涙も涸れていた。愛を感じて結婚した昌子は、男の実態を見て失望し、子供を産んだら変るかもしれないと期待したことも裏切られ、見誤ったのは自己の責任と諦めるしかなかった。

「お袋も、よく温泉に行ったもんだ」

進の怒りの目が、昌子に向けられた。手にバットが握られ、一振り床を鳴らした。

「行かないわけにには、ゆきませんでした」

「ふん、俺の金のためか。いよいよとなれば、俺、自分で作る。それにしてもいやらしいよ」

進は、温泉に離婚した女と愛人を連れて行ったいやらしい夜を想像している。

「私は潔白よ！」

昌子の反論に、進の鞭が飛んだ。

昌子は、寝室に入った。

「進、来なさい！」

母の鋭い声だった。横たわった母は、一糸まとっていない。

「さあ、打《ぶ》ちなさい。お前が素行を改めるならば、殺されてもいい、打ちなさい！」

進は、母の体に目を奪われていた。胸も腹部も股も白くはないが、太り肉《じし》と見ていた体の乳の丸み、腹部の線、腰の豊かさ、今まで相手にした同年くらいの少女の体に感じたことのない完熟した美しさ、思わずごくりと唾を飲んだ。

「側へいらっしゃい」

空中に浮いたように近づく。

「どうして打たないの？」

「打てない。お母さんの体がこんなに美しいとは思わなかった。それを打ったりして、ごめんなさい、お母さん！」

母の胸に顔を伏せた。柔らかく、温かく、匂いがする。進の涙が、乳の谷間を伝わる。

昌子は、ここが勝負所と思った。伶子と息子の絡んだ姿が、目に浮かぶ。

「進、友達を妊娠させてはいけません。その代わり、お母さんが相手になってあげます。あなたの溢れる物を、私が吸い取る、それでいいでしょう。ここへ寝なさい」

昌子に、肩を引かれて横になるや、進は母の体にしがみついた。

精が盛り上がってきたのではない。母の美しい体に抱かれたい純な気持であった。

母は進の背を一方の手で撫で、もう一方の手でズボンの上から進のものに時々触れている。昌子は起き上がって進のズボンを脱がせた。パンツも取った。進のまだ眠っている芯を、軽く握って刺戟する。芯に力が入り、膨張して固くなる。進の体が震えて、腕の締めが強くなる。昌子は、進の唇を吸ってやる。進が夢中で吸ってくる。

昌子は進を仰向けにすると、両膝をついて、進の芯を濡れた滑り口に当てがい、腰をそっとおろす。すっかり大人の大きさである。奥でゆっくり締めが始まる。何分も経たぬのに、進は昌子の腰を上げながら、下の体は逃げ半分で、

「もう我慢できない、駄目、駄目」

と首を振り始める。

「もう少し我慢するのよ、早過ぎるわ」

と肩を押えたが、

「あっ、うむ……」

半分呻いて、進は伸びた。

昌子は自分からの流れと、進の溢れたものを丁寧に拭いて、進に添うた。

進は、まだ動けぬ。感覚は一切死んで、あの一瞬に体中の筋を抜かれた麻痺の中で、陶酔の海に浮かんでいた。昌子も進の頬にキスして、首から回した手と胸に這わせた手で、大事な宝物、太い立派な〝可愛い息子〟を抱いた。何年ぶりかに蘇った幸福の海に浮かんでいた。進は、眠ったようだった。

昌子は体を起こすと、進の芯を丁寧に舐めた。それから口に含んだ。進の芯が、口の中で大きくなる。

「ああ、いい気持」

目を開けた進が「ママ」と呼んだ。昌子は再び前と同じ姿勢をとり、自分の芯に収めた。

静かに上下動を起こす。進の芯が大きくなる。下の男は、息子という識別もない。息子と交わるという、不道徳感もない。世間の批判も聞こえない。

昌子は横になり、進を腹の上に迎えた。上の男の律動が伝わってきた。〝可愛い息子〟に、自分以外には教えられないテクニックを教えなければと、その義務感が戻った。息子が母が最高という信頼を与えれば、同級生などに手を出すことを止めて、この母のところに戻ってくる筈だ。もう進は、誰の手にも渡さない、進に最高の性を味わわせるのだと昌子の頭の中では、不道徳感は消えて、進を己の手で守るという母の愛の自然の行為に姿を変えた安心感に、久しぶりに性の感触が高ぶってくる。自分の溺れに動きが激しくなり、奥に進の芯の刺戟を受ける。

「ママ、僕、もう、もう、止めて、待って」

進の頭の振りが強くなる。

「弱虫、もう少し堪《こら》えて、まだよ、もう少し」

自分の高まりを伝えたが、

「ママ、いい……」

進は果てた。昌子は、もう一瞬の差で、絶頂の叫びが出なかった。それでも、体は解放された。

「満足した？」

「セックスって、こんな天国があるとは、知らなかった」

「あんた達の相手とは、ただの遊びよ。男は精液の放出、女は絶頂を知らない興味だけの、うまい表現がないけど、迂闊な経験に過ぎないの。女は結婚する時、若い時の過ちを後悔するわ。性は、夫婦となって次第に練れて、年をとればセックスを離れて、愛情を持つようになるものよ」

進は、夜自分の部屋で、昼の母との出来事を考えてみた。母との体験と、今までの遊び仲間との関係は、母の言う通りの時間潰しと興味の遊びだった。性の相手は、五、六人もいた。好きで好きで、恋愛感情でどうにもそこまで行かねばという相手は、一人もいない。

「おい」と言葉をかけたら、誰も嫌とは言わなかった。マスクのいい進に、皆憧れを持っていた相手だった。簡単に服を脱いで、その動作には羞恥心は一つもない。中には声を出す者もいたが、後でわかったことだが、声を出さねば相手に悪いとか、自分は満足していると思わせる声だった。どちらにも、技巧はない。母の言う通り、時間潰しの行動だった。もうそんな連中を相手にする必要はない。

「この頃、誘わないじゃないの、ほかに別のいい人が出来た？」

何人かが聞いた。

「ああ、俺には最高の人が出来たんだ」

と誇りたいが、それは言えない。

「俺は、卒業したんだ」

「卒業？ 何で？」

「俺はつまらなくなったんだ」

そう言って、女から離れた。そして、進に遠慮していた苛めの子分達に、女を譲った。

進は、隣の奥さんに急に関心を持ち出したことに気づいた。わりに母とは親しく話もしていて、重い鉢の移動や、大工仕事などは気軽に進に頼み、進も軽く応じ、ケーキなどを貰っていたが、近頃そうした用事も頼まれないのが寂しく、奥さんに近づきたい思いが募っていた。

それが土曜日、進を見ると、枯れてきた植え込みを掘って、後を花壇にしたいから手伝ってと声をかけられた。隣は森という標札がかかり、主人は後一年海外勤務で、奥さんは翠《みどり》といった。主人の勤務先は東南アジアだが、田舎で生活も低く、それに治安も不安ということで、主人は単身赴任だった。母より十歳くらい若く、進は初め関心がなかったが、興味を寄せると、美人の部類と思うようになった。

午前中奥さんは買い物で、園芸工事は昼食後から始まり、夕方までかかった。疲れたから弁当でも買おうかという話になったが、進の一品でもよいから、肉に野菜を沢山炒めたのを食べたいとの希望で、翠の手料理となった。その席上、ビールが出た。進は飲むが、案外量はダメな方だ。驚いたのは翠だった。機嫌のよいせいもあったが、ウイスキーを出してきた。とても相手は出来ない。母に用事があると、逃げ出す態で、家へ帰った。あのままいたら、二人の間がどうなったかわからない。進はそれを期待しないわけではなかったが、考えることがあって、自分の方で断わることにした。

母に、翠《みどり》のことを話した。昌子は、進の良識を喜んだ。進は、ベッドに入ったが、翠《みどり》夫人のことが気になった。様子を見に来る積りだったので、裏の台所の鍵は外しておいた。ベッドの上の翠《みどり》は、想像以上だった。パジャマに着替えもしない、先刻のままでベッドに倒れた格好で、足は開き、裾が捲れ、まったく無防備である。翠《みどり》を自由に犯すこともできる。しかし翠《みどり》は、気づかぬかもしれない。進は、翠《みどり》のパンティを脱がせ、床に落とし、乱れた体半分に布団を掛けて部屋を出た。当然二人の間には、行為のあったことを示すものである。進は、人事不省の翠《みどり》を犯す気はなかった。反応のない体には魅力がない。進は寝室の雰囲気を変えただけで、家へ戻った。

10

進が大将のいじめ隊は、近頃おとなしい。進が、性の方に気持が取られていたからであるが、隊員の方は動きたい。気に入らぬ奴をいじめたり、気弱な男をせびって、遊技場やうまい物に使う金も稼ぐ必要がある。

佑多が、帰りを待てと指令を受けた。金を請求されたが、当然断る。母は勤めを辞めて次の働き場所を探していると説明した。進達は、何か佑多に今までと違った印象を受けている。呼び出しをかけて取り囲んでも、落ち着いている。殴っても、どこか毅然としている。相手に薄気味悪さが出て、気合いを入れにくい。今日は、何回か小突かれただけで、解放された。

他のターゲットは、六、七名で、主に商店主の息子達である。月五万くらいをせびる。五万円でいじめを逃れればと親が承知で出す者、店の金をくすねてくる者、使い道を聞かずに、あるいは文具用品を買うと言われて、薄々嘘と気づいていながら、子供の言うことを信用の態で出す親など色々である。こうした中で佑多は、金の面では無事であった。

だが、進には金の必要な事態が起きている。前は同級生の女の子の妊娠で、親が家に乗り込んできた。手術代込みで百万請求された。父の光一が、真相を明らかにしてもいいこと、相手の女生徒が進に暴行されたわけでなく、合意の上という強気に出て、五十万円に値切り、それは父と母とで半々に出したが、今度は二度目であり、進はいじめで四十万円集めた。いつもなら進が半分、手下?に半分やるのだが、今回は十万円で勘弁して貰い、残りを母に渡した。

隣の森の奥さんから、進が声をかけられたのは、翠《みどり》奥さんが酒で酔い潰れた一週間後の午後だった。学校は休みなのだが、進はそんな気がして、出かけずに家にいた。ビールの缶を出して、進に聞いた。

「変なこと聞くけど、一週間前の夜、進さん、何て言ったらいいか、あなた、私の体にセックスした?」

「セックスしそうになったのは事実だけど、最初から話しましょう。小母さん、ずいぶん飲んでさ、二階に上がると言うので、這って上がるのをやっとベッドまで送ると、いきなり『私寂しいの、進君、どうにかして』とパンティを脱いでもう狂ったように抱きついてきたの知ってる？　僕の方はびっくりして、その上キスしようとしたのが酒臭くて、セックスの気分になれない。そのうちストンとひっくり返って動かなくなった。それで半分怖くなったので、下半身に布団を掛けて帰っただけ。翌朝、心配だから、そっと見に来たら、小母さん、掃除器をかけていたから安心した」

「そう、私全然覚えがない」

と翠《みどり》は納得したような顔をしたが、

「あなた、私のここ見たんでしょう」

と下腹部を指差した。

「そりゃ露《あらわ》だから見えただけ。小母さんのそこ、すごく濃いんだね？」

「イヤ、そんなこと言って、恥ずかしいわ。でも濃いのは、情の深い証拠、知ってる？」

「あの晩小母さんに愛されたら幸せだったのに」

「じゃ、あなたを消化不良にしたから、今夜満腹にしてあげる」

「本当？」

「あんた、女は知っているんでしょう」

「少し、女仲間とままごとしただけさ」

「夜の方がゆっくりするでしょう。八時に来て」

「ハイ、楽しみにしてます」

進は、前の夜翠《みどり》には触れずに帰った消化不良は、母の体で満足させている。

進と翠《みどり》の会話は、進の完全な勝ちである。もちろん若い進に対して翠《みどり》の関心もあったが、進の話しっぷりに、自分が裸にされてしまったのである。八時までは、翠《みどり》にとって待つのに長い時間であった。

八時、進は遊びに行くと家を出た。素早く翠《みどり》の家へ入る。翠《みどり》はネグリジェに着替えていて、すぐ寝室に入る。進のズボンを脱がせ、Tシャツ姿で寝かせる。口を利いては時間が無駄になるので、すべて無言でことは運ばれた。すぐに進の欲望は高まる。翠《みどり》は、乾いていた欲望を満足させようと、突進してくる。進にテクニックを指示するが、進は翠《みどり》の調子に合わせられない。翠《みどり》は自分が主導することにした。

進は、母の時とは違うと考え出した。高潮しそうになると、翠《みどり》から注文が入る。母との時は、進の絶頂を毀さないように気遣いし、そして自分の絶頂に合わせた。言葉として聞き分けられない声を出して、翠《みどり》は果てた。目も開けていない。進の発射はまだだ。それで、

翠《みどり》の体に重なると、

「まだダメ。私は三十分経たないと、駄目なの」

と、進の体を払い除けようとする。横になって、翠《みどり》の体のどこかに触っても、嫌がった。

進にとっては、味気ない時間が過ぎて行く。

「もういいわ」

翠《みどり》は進に向かい合いに横向きになり、手を背中に回して、進の頬にキスをした。進の欲望は高まらない。翠《みどり》が手を貸す。進の雰囲気は壊れて、早く済まして家に帰る気持になっている。体を起こして、動作を開始する。翠《みどり》の合わせ方も、何か熱がない。母の場合、体で一番表現する一点を刺戟する。母は声を高くして、反応を起こすのに、翠《みどり》は呼吸も乱れず、

「そこは感じないわ。私が上になりましょうか?」

と言うのを、進は気分も上がらず、用事があると家へ戻った。母はテレビを見ていた。

「コーヒーでも入れる?」

「風呂に入ってから」

進は、風呂で翠《みどり》の匂いをすっかり落とした。もし帰ったまま、母の側に寄ったら、何を

してきたかすぐ感づかれることだろう。

風呂から上がって、コーヒーを飲む。自分の体を抱擁してくれる母の姿が、今夜はなぜか大きく、偉大に見える。我が子だからにしても、自分を余すことなく満足させてくれる。今夜は母のベッドに近づいても、「約束が違うでしょ」と断わらず、黙って布団の横を開けてくれそうな気もするが、翠《みどり》とセックスしたことは気持では満足だが、肉体では満足しきれない未消化が、母には何か不審を与えそうで、自分の部屋に戻った。そして二時間の翠《みどり》とのことを考えてみる。年上の美人妻とセックスする喜びに期待したが、進に歩調を合わせるよりも、自分だけの満足に痺れて、進は空白の中に置かれた思いが残った。

母は行為の前に、ゴムシーツを敷いて、上にバスタオルを二つ折りにする。進の刺戟によって、母の膣内は溢れ、さらに液体を勢いよく発射し、シーツがぐっしょり濡れた。それを除けて挑んでも、母の小さな叫びが続いた。進が続ければいくらでも応じた。降参ということがない。そのタフさに、進の体は粉々になる。

進は、女の違いを知った。あの女は、どういうセックスを喜ぶのか。道で会う女性にそうした興味を持った。どうすれば、興味を引く女性と接触出来るのか、進の頭の中は、そのことでいっぱいになった。

夜の公園で待った。時折女性が通る。近道の公園を抜けて、家路へ帰る女性達である。その女性達を襲うことはむずかしい。必ず大声を上げるだろう。すると女の叫び声を聞いて、人が来る。それで捕まったら……。進には、その度胸がなかった。帰り道の暗い所で、女性に会う。女性は進を見て緊張する。竦《すく》むように立ち止まる。また擦れ違うと、走り去る女もいる。その瞬間に飛びかかる機会はあるが、進には出来なかった。

進のいらいらが募る。その捌け口は、いじめに変る。理由がないのに、〝近頃態度が生意気だ〟、〝仲間にしてやろうと遊びに誘ったのに断った〟、などと因縁をつけて、佑多は小突かれ、七、八発殴られ、唇を切った。伶子は心配したが、

「大丈夫、いくらやられたって、最後はこのまま済まさないから」

佑多は変った。以前だと、登校拒否したが、悠々として、怯んでいない。

その原因はと考えれば、自分との秘密だろうか。そのほかに思い当たることはない。そうだとすれば、母の愛が成功したわけで、将来どうするかは今考えることもないと、伶子にも勇気が出た。

今年は特に高校生の犯罪が多く、世間は「十七歳の犯罪」と呼んだ。

11

浦和の祖父が退院したので、佑多は春美に母と行くことを話したら、春美から父も一緒に行きたいと言ってきた。佑多も母も喜んで、同行をお願いした。祖父の入院中一度病院に行っただけで、少し長い入院かなと思ったが、二週間で退院したのは嬉しいことである。病気はストレスによる胃潰瘍で、潰瘍の前の段階の出血であったことが、救いであった。祖父のストレスの原因は、祖母の症状の進行による心の圧迫である。

何を食べられるかを電話で聞くと、すっかり痩せたので、何でも食べているとのことなので、伶子がデパートに寄り、名店の弁当を買いに行くため、一足先に家を出た。

顕士郎は三年程前にも、同じ胃潰瘍で入院し、その時は一カ月の入院だった。祖父は日頃ストレスからの胃潰瘍には絶対ならないと言っていた。それは、書くことで逃げられるという自信があったが、今回も祖母からのストレスであった。祖母は最近兆候が進んで、特に物の判別が駄目になった。たとえば、冷蔵庫の物は目の前にあっても、上に物が乗っていたり、後ろにあるとわからず、持って来てくれと頼んだ物も、全く違った物を手にして来る始末で、結局入院後は、さらに足腰が悪くなった祖父が這って来て探さねばならず、祖母の病気の故とはわかっていても、祖父を苛立たせ、それがストレスの原因なことははっきりしていた。

祖父は、四人もの見舞いに大喜びで、伶子の持って行った弁当選びには声を上げて嬉しがった。

しかし、このたびの入院には、日頃おとなしい顕士郎祖父をひどく怒らせたことがあった。

「今度は、私も腹を立てた。介護保険の役人根性を、改め悟る、つまり改悟して、被保険者を手助けして護る真の介護保険にしなくてはいかん!」

「怒った顔を見たことのない貴方様が、余程腹に据え兼ねた御様子。何があったんです?」

徳次郎の引き出しに、祖父は語り出した。

祖父は夜の緊急な入院だったので、着替えも必要品も何も持ってきていない。そこで朝家へ電話して、祖母に持って来るように言った。すぐ行きますと言ったが、午前中来ない。祖母は市立病院には、前の祖父の入院の時は一人で来ているが、物忘れが進んでからは、月七回は祖父と自分の診察に通っているので、来れない筈はないのだが、それが来ない。

昼過ぎ一時に電話すると祖母が出て、仕度してあるのですぐ行くとの返事だったが、午後も来ず、五時にかけると家にいる。何で来ないんだと聞いても、その返事が要領を得ない。家からは歩いて五分とかからぬバス停から乗って、終点で背中合わせのバスに乗り換えれば、それは全部市立病院行きで病院の玄関に着くので、いくら頭が弱くなっても来れる筈だと思っているのに、とうとう三日間来ると言い続け、結局来なかった。家を九時に出て、夕方までどこでどうしているか、それがわからない。ヘルパーに頼んで、翌日朝ハイヤーを頼んだ。十五分経てばハイヤーが着くのに、四日目も来ない。ハイヤー会社に聞いたら、祖母が大宮病院というので、隣市の大宮中の病院を探したらしい。祖父にすれば、心配で心配でたまらない。そこで翌日、ヘルパーに祖母を連れてきてくれと頼んだ。ヘルパーははいと言ったが、少し置いて、協議会に聞いたら、行ってはいけないと言われたから行けませんと言ってきた。

その理由は、病院に付添うヘルパーは別にいる。お前の仕事には、病院の付き添いは入っていないということらしい。そう言って、私の願いと、ヘルパーの気持を断ったという。

「ずいぶんやかましい規則というか、変な話ですな。すると、介護している年寄りが、突然倒れた場合、病院に連れて行くのは規則にない。仕事を続けろ、晩飯を作っておれということですか？」

と徳次郎が聞いた。

「まあそうだろうな。ヘルパーは、近頃若い人も入ったが、大体五十代の熟練者だが、規則にない臨機応変の処置が出来ない。ちょっと協議会に黙ってすると、怒られたり馘になったりするから、聞いてからとなる。そんなこと聞くまでもない、してもいいじゃないかと思うことでも聞く。たいていは駄目と言われる」

ヘルパーは五十代が多い。経験ある熟練者、中には市の正職員より上の学歴者もいる。それが経験も低い年下の職員やケアマネジャーを怖がっている。時給者という卑下からだろう。介護に常時接するホームヘルパーは、要介護人の体と心に接し、その症状とその家庭の内部状況も一番知っている介護保険の中心人物であるのに、一般の販売や食堂、テレホンアポインターなど時給のアルバイトやパートと同じ時給者。これではヘルパーも要介護の人間も厚労省は物扱いにしていると私は思う。ホームヘルパーにケアマネジャーの資格を与え、人格を認めるべきだと顕士郎は持論を述べた。

「へえ、勤めるということは、むずかしいもんですな」

「そこに小役人根性があって大人のいじめがある。断わった者は、病院付き添いのヘルパーは別にいるからという。断る者は、規則通りにやって何が悪いと言うだろう。しかし、それは予約診察のわかっている前からの決めた派遣で、私のように痴呆の年寄りを緊急の処置として、病院に連れて行くのは規則違反らしい。私の頼みを聞けば、社会福祉協議会の精神に、また介護保険の施行に、どんな支障があるのか。ハイヤーで十五分往復、妻とヘルパーに話すこと十分、計四十分、ヘルパーに買い物を頼むのと違わない。それをホームヘルパーの上司として断ることの小気味の良さ、俺は偉いのだという満足感、私の一番嫌う小役人根性だ。これは朝日新聞の論談に載った記事だが、老人の便通の手助けで十五分遅刻したのを、『お前の仕事はパンツの取り替えだけだ』と怒ったのは、東京のケアマネジャー、こんな人が病人や年寄りの介護保険の中心役なのだ。私は社協の上司達が、私の野良ネコ退治に、自ら規則を破って協力して下さった埼玉県の土屋義彦知事の温かい心を、行政に携わる人としてよく知って欲しいと思う。知事なり市長は、県民、市民一人一人の都合を聞いて便宜を図れと言うのではない。行政は常に厳しい規則によって守られる。けれどその規則からはみ出すことを、大所高所から見て、厳しく、また温かく処置するのが、名の通り国民に奉仕する公務員の務めなのだ」

「もう御説ごもっとも。近頃の公務員は、何かと問題が多過ぎますな」

「お祖父《じい》ちゃんの話を聞いていると、学校で教わらない、社会へ出ての大事なことを教えられて、とても勉強になるわ」

「商売しか知らない私にも、別の世間というもののあることがわかり、大変勉強になります。学のあるのとないのとの違い、この年になってわかりました。良い方とお近づきになり、これからの社会の複雑さと、人間としてどう対応していかねばならぬか、考える必要のあることを知りました」

徳次郎もしみじみとした述懐を漏らす。次の組合役員に予定されている折、徳次郎はいい人と知己となったことを喜び、この人を大事にしなければと考えている。

「私はお祖父《じい》ちゃんの話を聞いて、卒業したら何になりたいのか、今まで見えなかった自分がだんだんわかってきたような気がするんです」

「それはよかった。で、春美ちゃんの目標は?」

「私高校だけだったら、看護婦になろうと思い始めていたの。でももし大学へ行けるんだったら、もっと広く社会の陰の人のために働きたい、と思うようになってきたんです」

「偉い、春美ちゃん、頼もしくなってきたな。大学へ行くんだね、徳次郎さん、大学へぜひやりなさい。私がお手伝いしてもいい」

「先生」

徳次郎は、先生と呼んだ。

「先生、ありがとうございます。春美をそこまで考えて下さって、本当に何と御礼申し上げたらよいか。大学へ行くくらい、徳次郎、先生の前でお約束します。春美、佑多さんと大学へ行け。勉強して、お前の好きな公のために働くんだ」

「お父さんありがとう、お祖父《じい》ちゃん、ありがとうございます」

膝の上のお祖父《じい》ちゃんの手を摑んで、春美は何辺も頭を下げた。

「それで佑多の方は、見えてきたのか？」

「僕もお祖父《じい》ちゃんのように、真実を堂々と言ったり、書くようになりたいと思うようになった。それには、どこの大学の何を狙うかがポイントだけど、そのうちちゃんと決める」

「そうかい。自分の向いたことは、自分が考え、決めるべきもの。佑多も大分先が見えてきたようだ」

12

突然、伶子が祖父に問うた。

「お祖父《じい》ちゃんの時代も、いじめはあったのですか？　私そこが知りたいんです」

「今度はいじめか。それはあったさ。いじめは、昔から子供の世界の伝統、これは少し大袈裟な表現になるかもしれんが、年もずっと下がって、七、八歳の頃からでも数人で一人を囲んでやったもんじゃないかな。だが、私にはそうした記憶もないし、小学校でもなかった。師範付属小学校という生徒の質も良い、一般の小学校よりも一段上の学校で、男女共学のせいかもしれないが、確かになかった。私の記憶では、中学校だけだ」

「その話を少し伺いたいんですが？」

この話題は、佑多と春美の興味を呼んだ。何しろ今のように、男女同権で屈託なく交際出来る世の中じゃない。隣に同年の女の子がいたが、口を利いたこともない。道で会っても、挨拶したこともない。もし女と会っていたり、生意気であれば、年一回の生徒大会で制裁される。生徒大会とは、五年生が屋内体育場への長い廊下の両側に立つトンネルの中を、四年生以下一人一人歩かせられる中で、目を付けられた者は、「生意気だ!」「挨拶しなかったな!」と罵倒を浴びせられ、小突かれ、体育場の真ん中に設けられた壇場の周りに正座させられ、足が痛くても微動も出来ない。それから目をつけられたのが次々と呼び出され、何人かのビンタが飛ぶ。実にこの生徒大会は怖かったと、昔の思い出を語った。

「つまり公のいじめというわけですか?」

「そうか、そう言われれば、なるほど公のいじめという見方もあるが、今のような陰湿ないじめは絶対なかったとは言わない。私の中学生時代見たことも聞いたことも無かったのは事実だが、私も一度やられた」

「へーえ、お祖父《じい》ちゃんも被害者か?」

佑多は、ちょっと驚いた顔になった。

「私の話をする前に、今のいじめられっ子は、どんな子供か、お前もやられっ子の方だが、一般的な人間性を聞いてみたいな。春美さんはどう思う?」

「私そこまで突き詰めて考えてみたことないけど、一般的にいうと、佑多さんみたいな人といえるんじゃないかしら」

「うん、そこで佑多みたいな人間を解剖すると、どんな人になる?」

「まずおとなしい、真面目、先生に良く思われている。それなのにどっか目障りになる、それで憎らしいとこんなふうにいえないかしら」

「そうだ、その通り。そこは昔も違っていない。私は小学校は首席を通したのに、中学へ入ってガクンと成績が落ちた。それは当時、講談全集といったかな。厚い本で清水次郎長、義経、秀吉など、昔の英雄や偉人達の伝記を父が持ってきたのを読んだら、それにはまり込んで、勉強が疎かになった。当時父は昔内務省の直轄工事の県で二番目に偉いお役人で、まあ有名人のうちだ。父も母も関東の人で、学校では秋田弁で「うんだな」「だば」だが、家へ帰ると「そうだね」「けれど」と関東弁で、雰囲気が少し皆と違っていたと思う。

五年の時、学校で風紀係という役を作った。同級生で四年の時酒を飲んで退学させられた者がいた。今そんなことをしたら、クラスは半分か、もしかしたら三分の一に減ると思うが、昔はこうして酒を飲んでも校規を厳しく守ったので、それで風紀係を設け、私が任命された。クラスに一人ずつか、全校で二名くらいの気もするが、詰襟に金色の記章を付け、これは全校生に圧迫感を与えたものだった。当時私は闘犬の土佐犬を飼い、毎日犬の運動に歩いたが、別に生徒の非行探しに歩いたわけではなし、非行現場があっても今のように容易にわかるものでもなし、一度も学校に風紀違反の話をしたことはないが、いわゆる生意気な非行に走りやすい、前に話した学生大会の主役達には、私は目障りだったに違いない。それで長廊下では小突かれるくらいはされるかとひやひやしたが、それもなくて生徒大会の目標にもならなかったが、卒業式の日、帰り際に応援団の幹部の一人が、僕を殴った。突然のこと、そいつと組んでも負けない自信はあったが、一回殴っただけであり、私はかえってその男を勇気があると思った。これが私の中学時代殴られた話だが、実態は見ていないが、今のいじめは暗く、陰湿で、刃物を持ち、金を捲き上げる内容を伴うことが多い」

「このいじめは、直らないものでしょうか?」

それは伶子の質問であったが、何百万の中学、高校生や児童とその親達の憂えでもあるのだ。

「私は、前にも言った通り、いじめは子供の本能だと思う。これは大人が教えたわけでもないが、子供はいじめをやる。その質の変った本能的なもの、そしてますます青少年の世界に増えるいじめを、教育で全廃させようとしても、それは不可能に近い。先生は、いじめる奴は、卑怯者だと教えないのかな」

「そんなこと言ったら、ちらつかす刃物や暴力が怖くて、先生は知らんぷりするしかないのよ」

春美が、佑多に代わって答えた。

「そうなれば、いじめられる側は、どう堪えればいいんですか？」

伶子の、佑多を思っての問いである。

「相手にならんことだ。相手になれば、怪我をする。今の世の中は、大人も子供も、命の大切さということを思わない」

「確かにそうです。簡単に人を殺してしまう」

「問題は、そこにある。いじめられる者が、先生なり親なり、警察でも訴え出ればよい。そうすれば打つ手は出て来る。が、中でも訴えられても、春美ちゃんの言ったように、ふざけだと理由をつけて見て見ぬふりをする教師が多いのは事実だ。ところが、他人に訴え出れば、かえってひどくやられると、訴え出られないきわめて気弱な少年もいる。しかしその少年は口で訴えられなくても、全身のどこかで、行動や心証で訴えている。それは親子、師弟の間でわかる筈だ。見逃す者は、よほど鈍感な先生か親だ。誰も救ってくれない。こうして世に失望して、自ら命を縮める子の数も驚く程多い」

「いじめられる側に、救いはないのですか？」

徳次郎が聞いた。

「いじめられる少年少女は、いじめられても自信を持つ少年少女となること。そして一方いじめる奴は一人ではやれないから、数人の仲間で弱いのをいじめる。一番人間として自分こそ卑怯な弱虫野郎だと教え、自覚させることだ。死んじゃそれこそ負けだ。今は逃げて逃げて、我慢することだ。遁《に》げ遁《に》げ家康天下を取る、という諺《ことわざ》もある」

「なるほど」

徳次郎が頷くと、

「でも大きな事件を起こした少年の多くは、ふだんおとなしく、そんなことを仕出かす人間に見えない、なぜキレたのかと言われるのは、どうしてでしょう?」

伶子が続けて聞いた。

「人を傷つけたり殺したり、犯罪を犯せば殺人罪や傷害罪、その他の罪名で刑務所に入れられることは、高校生なら誰もわかっている。そしてふだんはおとなしく、近所の評判になっている少年が、一瞬前後不覚となって、犯罪を犯してしまう。これはその少年の心奥はそれぞれ違い、私は会ったこともないので、私の解釈が合っているか自信がないが、こうした少年はおとなしく見られるが、親や周囲に抑圧されていて、心を開いて語り、相談する友、まして女友達もいない、何か大きな事をして、世間に自分を晒してみたい。自分の孤独に押し潰され、頭が重い、心が苦しい。そこへ青年期に入って性の爆発、生理的処置が出来ぬ代わりの何か性の問題が絡んでいるのじゃないかと思うが、こりゃとんだ素人判断だ。これら現代の少年犯罪は私達少年時代皆無と言ってよい現象だからね。つまり私達の十七歳は、ほんの子供少年だったことを考えての比較からだが」

「私もわかるような気がします」

子供少年と早い思春期少年の違い、伶子には実感だった。

佑多も春美も、声がない。声がないだけ、心が動かされている証拠だ。

「佑多はいじめられても、幸い春美ちゃんがいる。それに佑多自身に期するものが出来ているらしい。なあ、佑多は心配ない」

祖父は言い切って、佑多の肩を叩いた。

「うん、僕は大丈夫だ。誰にも心配かけない」

佑多は、強く宣言した。

「いじめや少年の犯罪を少なくする方法は、何かないものでしょうかね?」

徳次郎の質問に、

「あるさ。学校の生徒がいじめに遭って死んだり、大きな犯罪を起こしたりしたら、校長や教頭を即刻降格させればいい。そうしたら、校長も真剣になる。そして、テレビの金八先生のような教師の学校だったら、学校問題はぐんと少なくなる。私は、自分のこの発言に責任を持つ」

と祖父は、明快に答えた。

「なるほど、先生のおっしゃる通りだ。こんな簡単な即効薬があるのに、それがなぜ出来ないんでしょうね」

「それが、日本の無責任といわれる官僚組織の一番悪いところさ。会計検査院の検査で何億、何十億の国家的行政ミスの損失を出しても、当の本人は上の役に進むし、上司の責任者も何も責任を問われず、これも上の役に進む。だからすべて事なかれ主義で、まあ知らぬ存ぜぬで通す。ひとたび国家組織を変えても、官僚の本質まで変わるものではない。道徳を教えられてない今の青少年や十七歳の犯罪こそ、私は文明の復讐と考えている」

「文明の復讐とは、恐ろしい言葉ですな」

徳次郎には、飲み込めなかったらしい。

「昔は集中豪雨などなかった。世界中の各地に洪水が起こり、砂漠は広がる。これは緑の木を伐っているせいだ。大きな火事が起きても、人は死ななかった。今は小さな家一戸焼けても死人が出る。足腰の弱い年寄りが多くなっては仕方ない点があるとしても、死者は煙、すなわち木材や什器の成分や塗った塗料による一酸化炭素による窒息死だ。世の中が暖かくなって、北極の氷がどんどん溶けていく。百年経つと、水面は六メートル上がるという話だ。沈んでしまう国や島がある。これは飛行機やロケットが空を飛んでおり、海を船が走る。それらのガソリンや油が空や海を汚しているし、都市は暖房で空気の温度が年々上がっている。我々人間が住む地球それ自体が、死んじゃうようと悲鳴を上げている。これは人間が向上させた、文明のお陰の裏の悪い影響、私はそれを復讐と言っている」

「なるほど、便利になるばかりがいいことでもない。悪い面もあることがわかって参りました」

「十七歳の犯罪にしてもそうだ。前にも言ったが、もう少し補足しよう。その子を犯罪に走らせた原因がある。親の教育だ。昔は大家族で、子供が生まれれば、祖父も祖母も一緒に育てたし、兄弟も大勢いた。私のところだって、生まれてすぐ死んだ子は二人いるが、八人の兄弟だ。長男でも、赤ん坊のお守りした。また兄弟喧嘩もやった。そしていわゆる人間学を自然に覚えた。けど今は家族の核分裂、祖母や母のいない所で子供を産む。育て方を教える人がいなくなった。それに子供を産まなくなった。まあ二人、その少ない子の育て方を、自分一人の考えでやらざるを得ない。とにかく甘くか、あるいは厳し過ぎるかで子供は反発する。そして真剣味のない先生、家へ帰れば個室に立派な机、電話、パソコン、テレビ、ゲーム機と一人の世界に閉じ籠る。昔勉強は卓袱台《ちゃぶだい》か蜜柑箱《みかんばこ》だった。街には女の裸体の写真集が何十冊と並んでいる。自分の好きなのを買ってくる。先生も親も悪い。頼りない。そして考えなければいけないのは、マスコミだ。文化人といわれる人が、馬鹿らしいテレビ番組に出て、大口開けて笑っている。出版物やテレビなどのマスコミからの影響が大きい。こうした社会に毒されて、堪えきれずキレる子が出る。社会全体の責任なのだ。政府は教育改革にもっとも重点を置くといっているが、学校教育だけに的を絞っても、駄目なのだ。この子供に影響を与えるあらゆる環境を是正していかなければ、子供は救われない。社会が浮かれて、子供がその仕返しを蒙っていることに気づかなければ、地獄に落ちる子は多くなる」

「昔の時代が懐しいですな」

「今道徳という言葉は、死語のようになったが、どうしても、子供には小さい時から道徳を教えたいな。どんな社会にも必要なものなのに、道徳といえば反社会的のように言われる。おかしな世になったよ」

「私も、道徳は人の道だと教えられましたが、今は誰も道徳のドの字も言わなくなりましたな」

「私道徳なんて、学校で聞いたこともないわ」

「僕はお祖父《じい》ちゃんからよく聞かされている言葉だ」

「君達にはむずかしい話になったが、大学に入って、そして社会に出たら、よく考えて欲しい問題だよ」

「人間がすっかり駄目になったのですかね」

徳次郎は、溜息をついた。

「端的に考えてごらん。私達の子供の時代、七十年前の子供の遊ぶ物は、メンコ、凧、独楽《こま》、お手玉、綾《あや》取りだ。小学生も中学生も、今のような犯罪、まして殺人など、一人もいなかった。大東亜戦争になって、国民は必死になって働いた。戦前、私は東京の大学で、喫茶店を知った。コンパルシーターが輸入されて、ずいぶんレコードを聞きに行った」

「私は次の高度成長時代です」

「そう。高度成長時代もよく働いた。経済が豊かになって、国民の金回りがよくなり、食ったり、旅行に行ったり、国内も平和だった」

「懐かしいですな」

「問題は最近の十余年だ。コンピュータが発達し、世界は急に変ってきた。バブルが弾《はじ》けて、日本がこんな不況の大波を食らうとは思わなかった。銀行まで潰れた。日本を世界の大国にしたのは、官僚や政治家、銀行、会社の力だ。だが今の日本にしたのは、彼らの驕りと浮かれだ。足が地に着いていなかった。そしてその一番の被害者は、小さな会社と国民だ」

「なるほど、人間の掘った墓穴ですな」

「文明や文化は、人間を、世界を向上させたが、文化や文明の流した毒素の手当てが十分でなかった」

「私には先生のお話は、聞けばなるほどと思いますが、考えれば考えるほどむずかしくなります」

「復讐を受けない文明と、毒素が出るからここらで止めようとする文明の判別、それがあってもいいのでないかと私は考える」

伶子と春美は、夕食の仕度の買い物から帰り、台所の動きに祖母も参加しに行った。そして四人を加えた六人の食卓、祖父の満足し切った最高の顔を見て、伶子も佑多も、ここに同居して、二人の余命に尽くさねばならない自分達の務めを、重く重く感じていた。

13

進の頭と体から、女の肉体の神秘さというものが離れなくなった。年上の人妻は、母と翠《みどり》の二人だけだが、同級生や不良仲間の若い連中では、物足りなくなっている。もう数年も夫婦生活して、練れた相手の感触とテクニックを知りたいと思う。それにはどうする？公園で痴漢に襲われるという話は聞いている。成功した奴もいるだろうが、逆に捕まる者もいる。進は、公園で襲うことは、絶対しまいと思っている。

それならどうする？　進は考えた。昼時のホテルは、料理が安く、主婦連中で満員だと新聞に書いてある。進は、これだと思った。自分は美男子である。小母さん仲間が「可愛いね」と囁き合っているのも耳にしている。土曜日部活を休んで、一番近いホテルに出かけてみた。なるほど席はほとんど女性で埋まっている。一人だけなので何とか潜《もぐ》れる。案内して貰って席に着く。一斉に興味ある目が注ぐ。六、七人のグループらしい。進の足許にデパートの袋と少し大きな包みがある。進は、わざと椅子を動かす。

「あ、ごめんなさい。お邪魔でしょう」

と自分の方に寄せようとする。

「いえ、大丈夫です。ちょっと座りが落ち着かなかったから。このままで」

と動きを抑えるように伸ばした手が、相手に触れる。

「あなた、いつもここに来るの？」

「いえ、初めてです。友達がマザーに連れられてきて、おいしかったというもんですから」

「そう、あなたのお母さんは？」

「働いています」

「そうなの？」

料理が運ばれてきた。

「どう、おいしい？」

反対の左隣の女性が、聞いてきた。こちらの方が十も若いし、この席では一番の美人だ。

「はい、おいしいです。こんな料理、いつも食べられる人が羨ましいです」

「もっと、食べたい？」

右側が、会話を横取りした。

「ええ。もちろんです」

「御馳走しましょうか?」

「僕に? とんでもない。見ず知らずの人に」

「違うわ。見て、口も利いて、もう見て知る人よ。遠慮しなくていいわ」

一同にコーヒーが配られ、進の追加料理も並んだ。

「ありがたく、頂きます」

進は、神妙に礼を言った。女は進の食べるのを、楽し気に見ている。進が食べ終るのを待って一同立った。そこで散会となった。

進は、急いで女の下に置いた袋と包みを手にした。女は自分で持とうとして手を出したのに、

「御馳走になったので、お持ちします」

「そう。嬉しいわ」

羨まし気な仲間の中に、何人かの意味あり気な目の交わしを進は見た。

車に乗るまでのつもりが、

「乗って!」

という命令口調に、進は拾った車に乗った。

「あなたの住まいは?」

「目黒です」

「じゃそう遠くないわね」

車は賑やかな商店街を通り、その奥の閑静な住宅街に入り、門に着く。標札は、庄司とだけで、名はなかった。近所の中では、一番大きい。庭のゆとりも十分ある。

勧められるままに、応接の深い椅子に腰を埋める。御主人は、欧州の支店長とのこと、家庭の余裕ぶりが頷ける。晩御飯を勧められたが、今日はコーヒーだけでお暇すると、帰りのタクシー代として五千円、ポケットに押し込まれた。進は、相手はそのうちきっと買い物に誘うと感じた。

味をしめた進は、土曜日ごとに違うホテルの昼食時に通った。隣席や向こう側の女性は、高校生と知ると、気楽に声をかけた。一回目のように、家までお供したこともある。喫茶室でお茶を飲んだ相手もある。また電話を聞いて、買い物の手伝いを予約した人、露骨に一万円札数枚出して誘った人もある。進は、そうした場合、初めからの誘惑は断った。部活の時間だの、友達と約束があるからと、次の機会に余韻を残した。

近くのマンションで葬式があった。進には珍しいことであったので、群れの後ろに控えた。出棺近くであった。喪服の女性が、位牌を胸に抱き、小学校六年生くらいの女の子が胸の幅より広い写真を抱えていた。進は、不幸の同情に促われずに、その女性の顔を見続けた。薄く化粧した顔は気品を備えて悲しさに溢れており、この界隈では一番美人と思った。進は、夫を失った妻は、悲しさのほかで一番先に考えることは、もうセックスも出来なくなるということではないかと思った。進の頭から、この女性の顔が離れなくなった。

一番最初に供をして家まで行った庄司という女性から、買い物の供を頼んで来たのは、一カ月近く経ってからのことであった。自分のほかに、誰かの供をしたこともないと聞くと、女の機嫌は一層良くなり、夫の所に用事があってついでに買ってきたのか、「これは有名な店から買ったブランド品よ」と、見るから高級品と見える箱入りのバンドを取り出した。今日は、夕食を御馳走するとの約束だった。渋谷の静かな場所の料理店は、まだ早い時間なので、二組の客しかいなかった。中年のボーイがメニューを差し出したが、進にはわかるはずがない。進は、女性に一切任せた。

ホテルの食堂で知り合った女性達は、もう十人を越える中で、この庄司という女性は上品ではあるが、体全体に崩れた匂いがあり、その女性に挑んでみたい欲望を感じた。進は、同じくらいの女子高校生には、おとなしい子、寄りつきがたい子、生意気な子、優しい子、口先だけの子くらいの分類に分けていたが、結婚した女性や四十を過ぎた女性からは、それぞれ各人に違った内面的な個性が、微妙に伝わって来るのがわかった。進は、自分は大分大人になってきたと自信を持ってきた。食事はうまかった。肉の煮方やソースの独得な作り方などを聞かされても、覚えておく積りもない。ただご馳走になった手前、聞いておくだけである。

食事も終り、誘われるままに家へついて行った。彼女が身近で動くたびに、香水の匂いがする。甘さの中に微かな酸っぱいものがある。この匂いは、祖父の庭にある沈丁花《じんちょうげ》の香りと似ていた。

「お風呂へ入っていらっしゃい」

女の命令には、逆らえぬ威厳があった。明るいバスルームは整頓されて、丸形の大きな浴槽には湯がいっぱい満ちていた。家の風呂と比べて、これなら体が休まるなと思った。女性が入ってきた。

「いいバスでしょう」

「うん、広くて気持がいい。まるで温泉みたいだ。これなら体が安まる」

「それなら、いつでもいらっしゃい」

女性は、進の頬にキスをした。

女性は、丹念に進を洗い、時々刺戟を加えた。そして進には、背中だけ流させた。

「さあ、来ていいわよ」

ベッドに入ると、最初に言った言葉だった。進は、風呂場で受けた刺戟が、なぜか持続していない。母との時とは、何かが違う。バスから上がり、ベッドに入るや、夢中で求めたのに、この女の場合、躊躇するものがある。

「どうしたの?」

その顔は確かに淫蕩で、男の本能をそそるものがある。だが、女は冷静で、体を進のリズムに合わせることもなく、声の反応もない。

「つまりませんか?」

「私、感じているのよ。濡れてるでしょう」

進は、手で探ってみると、確かに初めよりは潤いがある。

進は、主人は外国だし、性には飢えているので、貪欲な嵐のような姿態を想像していたが、あまりに静かで、満足度を示さないのは、自分の未熟の故と思い、母が、「これが一番愛する証明よ」と教えてくれた唇での行為を行ってみようと、半身を起こし、唇を近づけた。進は、思わず鼻を遠ざけた。香水の上に、別の酸っぱい臭いが混じっているが、その酸っぱさは、同級生や下級の女子高校生の純粋な酸っぱさとも違う。電車や人溜りの中で時たま嗅ぐことのある、逃げずにはいられない腋臭《わきが》を混ぜたような臭いであった。

進は、女から体をかわして、バスルームでもう一度風呂に入った。母は、少しでも臭いを残していれば、わかってしまうだろう。進は注意深く、臭いのすべてを消した。

「今夜、泊っていってもいいよ」

女は、けだるそうに声をかけた。

「明日のテストの準備がありますから」

「そうお、待っておいで。お小遣いをあげるから」

「いいえ、要りません。さようなら。おやすみなさい」

進は、もうこの庄司家には来ることはないだろうと、家にも「さようなら」を言った。

その夜、進は、

「どうしたの、今夜は」

と言われるくらい、執拗に母の体に縋《すが》った。

「僕の母は、日本一の母だ」

進は、庄司という金持ちで美貌の女を知って、母と比較して自分は本当にいい母を持ったと感謝し、この母を困らすようなことをしまいと思った。

そう思いながらも、葬式の女の美しさを忘れられなかった。あの女性に、どうすれば近づきになれるのか、その考えは日増しに膨らんでいった。

荒木という女性から連絡があった。庄司という女と知り合ったホテルとは別のホテルでの知り合いで、年は五十を越えた太った女性である。これも有閑マダムだ。昼食の後、その道専門のホテルに入った。進は女性の陰毛の濃さに驚いた。真っ黒で太くて、出しゃばり女が根を張ったようで、気分を殺《そが》れる思いをした。

太った柔らかな肌の感触は、弾力があって悪くはなかったが、飢えた動物の本性を出して、若い少年の体を貪り食った。その揚句、牝河馬《めすかば》はグウグウ鼾をかいて眠ってしまった。

進はこれ幸いとホテルを出た。空の燦々とした太陽の光に、どぶの中にいた自分の体が拭《ぬぐ》われたようで、気分も爽快となった。機嫌よく家へ帰れた。

水曜日は、母の休みの日である。

「夕御飯、何にしようか?」

「今日は疲れちゃったし、腹も減った。僕はうどん腹一杯食いたい。家で茹でて」

「うどん? どうしたの?」

「スカッとしたのがいいんだ」

うどんを腹一杯食いたい心境、進は自分でもその思いつきはわからなかったが、天麩羅もいらない、素《す》うどんでいい、とにかく一番あっさりした物が、今日の気分を癒してくれる思いだった。昌子は、それでは味気なさすぎると、スーパーに天麩羅を買いに行った。

進は、ねぎを細かく刻み、大根をおろしておいた。肝心の湯を沸かし、うどんと蕎麦を茹でた。家にはお中元に頂いた蕎麦がある。

夕食のうどんと蕎麦を、進は母もびっくりするほど食べた。

14

十月の末、文化勲章を授けられた山田五十鈴を別として、舞台とテレビでもっとも活躍し、女優として日本一の座を占めている三田佳子の次男が、二年前十八歳で覚せい剤取締法違反で捕まり、母の三田は、一生かかっても次男の生活を正すと世間に約束していただけに、同じ覚せい剤取締りで逮捕された事件に、世間は騒いだ。

三田は、十一月芸能生活四十年記念公演の舞台稽古に入っていたが、舞台を辞退する羽目となった。

春美の父の徳次郎より佑多の祖父へ、相談に乗って頂きたいことがあるからと電話があって、休日の水曜日に伺うことになった。今回は個人的な問題として、春美にも佑多にも知らせなかった。

「今度の三田佳子の次男の覚せい剤事件、先生はどう思われますか?」

「ほう、突然のその事件の関心は、お宅と何か関係があるのですか?」

相談があるというのに、世間の有名女優の家庭のスキャンダルに、真剣な顔を見せた徳次郎に、顕士郎は逆に質問した。

「私は、倅の父親、NHK関連会社の重役だという人の、親としての弁明を聞き、腹が立ちました」

「腹が立った? テレビを見た私も、あなたと同じように腹が立った。三田さんの場合、息子の再犯は、完全に親の責任だと思う。涙を流して、『あいつはバカヤロウです』と言ったが、顔は笑っていた。そして『息子が可愛い』と言った。親は、父も母も息子の交友や麻薬に走ったことに気づいていた。しかし可愛さと親の弱味から、立ち直りのために怒ることも出来ずに見過した。三田夫婦は、有名人でも親としては失格だった。そういうことだと思う」

「その通りです。親の弁解を聞き、テレビの色々な人の言うことを聞いて、私は娘のことで責められていました。春美の姉の長女のことは詳しくお知らせしていませんが、卒業後はヤクザめいた男と同棲の生活をして、子供も産まれていることは知っておいででしょう。そうなったのは、あの娘の責任じゃない、みんな私の所為《せい》なんです。それに気づきましたから、教えて頂きたく、参上いたしました」

「そうですか。私がお役に立つといっても、意見を言うだけで、実際のお役に立つかはわかりませんが、それでよろしかったら、私の考えを言いましょう」

顕士郎は、秋佳のことは知っている。

「ありがとうございます。それでは聞いて下さい。春美の姉の秋佳は、五つ違いです。私がここに店を出しましたのは二十年前、秋佳が三つの年でした。借金を返すための十五年間、すべてを犠牲にして働きました。秋佳には近所の娘が着飾っているのに、あれには新品を買えず、古着を買い、弁当も前の晩の菜を残して、それを詰めました。女学校に上がっても同じでした。秋佳には、学校の父兄会にも一度も出てやれず、金がないためにどんなに恥ずかしい思いをしたか、それを考えてやる暇もありませんでした。秋佳は自分の金を自分でつくりました。不良になり、仲間の男とカツ上げをしたり、後輩から捲き上げたりで、学校から注意があっても、親として何をしてくれたと言われると、怒ることも出来ないばかりですべて見て見ぬふりで、逆に機嫌を取る始末。三田さんの御主人のテレビ会見で、あいつはバカヤロウと言う裏で、可愛い奴という親心。私は、三田さん夫婦に責任があっても、私には笑う資格も、責める言葉もありません。私も、三田さんに劣らぬ馬鹿親でした」

「私は幸いあなたのような苦労していないので、その心境はわかると申し上げられないが、あなたの顔で、心の辛さを推察するだけです」

「三田夫婦には、困ったろうと思っても、同情する人は少ないのでないでしょうか」

「十八歳の初犯の時、日本一の女優への同情と遠慮、そういった検察側の甘い処分を私は感ずるのだが、昨年末まで保護観察処分にされていながら、三田夫婦に親として交友関係の注意と、地下室の閉鎖を命じたのに、判決では親の無責任だったことをはっきり指摘している。地下室は表から入れぬよう閉めても、玄関からは入れるわけで、覚せい剤パーティーや、噂されている乱交パーティーに集まる交友関係を見ればわかること、パーティーの騒ぎも聞こえていたろうに、親として注意もしなければ、反抗されることの怯えと可愛さから黙認した点、そして六十万と噂された小遣いは三十万円と訂正したが、三十万といえば、立派な社会人が一カ月働いて貰う額だ。そうした経過から、大方の識者は検察庁も実刑を求刑し、裁判官も実刑と予想したのに、五年の執行猶予がついた。但し、その間保護観察処分がついたから、実刑同様厳しいものと説明されたが、唐十郎の許で働いて反省の色がある実情を考慮したとしての執行猶予、甘いとの非難の方が強い」

「確かにそうですな。これで女優の三田佳子の人気も大分落ちたでしょうな」

「もちろん三田の貴婦人的容貌から抱いていた、完成された人格に対する尊敬や信頼が一挙に粉砕された。人気を支えてくれた一般の女性達よりはるかに劣る、実態の中に見える驕りや、約束した言葉の違反、何だ、こんな女だったかという失望や侮蔑に変ってしまった。将来の女優人生と次男の更生をどう天秤にかけるかといっても、三田は女優を捨てることは出来ないだろう。再起の次の公演は、何をやるか、これはむずかしいと思うが」

「世間から非難されても、私に親の責任を感じさせてくれた娘です。謝って済むものでなくても、手をついて謝りたいと思いました。それで会おうと思い、連絡を取ったところ、そこにはいませんでした。出かけていって昔の仲間にも聞きましたが、何か失敗してどこへ行ったかわからんということでしたが、産んだ赤子を店の前の道路に置いていったあの赤ん坊。産んで捨てたら罪になると、無理に抱かせて追い返した私の初孫、生きているのか、施設で育っているのか、それもわかりません。どうしたらいいもんでしょうか」

顕士郎は、二度頷いた。

「あなたが親の責任と気づいたことは、いいことでした。さてどうするかといわれても、当人がいない、たとえいたとしても、あなたが今謝っても、それで解消はしない。お互い理解するには、長い年月がかかるでしょう。とにかく、所在を確かめることが先決。もし困ってあなたの前に現われたなら、今度は親としての罪滅ぼしに、出来るだけのことをしてあげること。今はこれくらいしか申し上げられないが」

「はい。わかりました。ありがとうございました。手を尽くして探してみます」

「春美ちゃんは、いい子なのになあ」

「はい。あれは私もゆとりが出まして、人並みのことはしてやれましただけに、素直に育ってくれました。けれど秋佳には、春美に対しても反発があったでしょう」

「兄弟でも、出来不出来がある。三田家では、次男が道を踏み外した。こういう自由勝手な時代、子供を育てることはますます複雑でむずかしくなる」

「嫌な世の中ですなあ」

「私は、すべて文明の復讐と考えるが」

徳次郎には、話がむずかしくなりそうなので、顕士郎は話を打ち切った。

昌子と進の関係は、二人の秘密の中で、この上ない親密が保たれていた。それが午後の授業をさぼって帰ると、父と母のセックスが終ったところだった。

進の頭に血が上った。

「離婚した以上、お前は強姦だ。この野郎!」

階段に逃げる腰に、バットを思い切りふり下ろした。父ではあるが、もはや父の感情はない。光一は悲鳴を上げて、足を引きずり、這って三階に逃げる。進は三階の窓、机の上の物など、バットの嵐でなぎ倒し、さらに光一の体に飛んだ。

「助けてくれ!」

その悲鳴に昌子は駆け上がり、進の体に抱きついた。

「止めて、お願い。これ以上やっては、怪我します」

進は「これは俺の女だ!」と言ってやろうとした。がそれを言ったら父と子との闘いは、無事に済まぬ。どちらか死ぬまでやるだろうし、母が仲へ入って争いを中止させたとしても、逆上した光一は、妻を殺すかもしれない。その判断が、進にもあった。進は、急に弟を思い出した。その弟は、この男のために自殺した。その哀れさが可哀相になって、涙が溢れ、目の前の男への憎しみが強くなった。バットを手当り次第振り回し、物に当たり、男の体に当たった。光一は、足を引きずって逃げて行った。女の所へ行くのだろう。

「進、ごめんね。私あいつの力に負けてしまった」

母の弁解に、進は返事もせず、光一の後を追うように家を出た。

その夜から二日、進は家に帰らなかった。

久しぶりに、若い仲間を相手にした。いくら乱暴にしようと、しなやかに体は順応したが、しっとり手のひらに馴染む肌、吸いつくような中年の女性の腹部、そして深い本能を絞り出してくれる母の体と比較して、進の本能は物足りなかった。そのいらいらを消したかった。

「よし、やったるか」

暮も近くなり、金の欲しい連中はすぐ乗ってきた。

佑多は、近頃進達がおとなしいのを不思議に思っていた。

「松谷、明日帰り公園まで付き合え！　いいな！　少しは持って来いよ」

佑多は、そのことを春美に伝え、

「写真を撮っておいて欲しい」

と頼んだ。

春美は、新聞社の佐竹記者に連絡した。姉の秋佳がカツアゲした時取材した記者で、その後三年程転勤し、再び戻って来た。

翌日春美と佐竹は、そっと佑多達の後をつけた。いじめ群は、五人である。

公園に入ると、植え込みの多い所で立ち止まり、佑多を囲む格好となる。幸い隠れて見ているのに、場所は都合がいい。

進が、手を差し出した。何かを要求しているらしい。佑多が首を横に振って、短く返事をしたようだ。するといきなり佑多の頬に、ビンタが飛んだ。次に赤羽にも首を振った。赤羽のビンタが合図のように、前後左右から小突き、倒れた佑多を足蹴りにした。進が佑多の胸ぐらを取って起こすと、柔道の手で進の体を放ると、佑多の体は一回転したように土手際に転がった。佑多が手を突いて体を半ば起こした顔の口の辺りと額から血が流れていた。

「あっ、血が……」

飛び出そうとした春美の肩を押さえた佐竹が、

「君が姿を見せちゃまずい。僕が出るから」

とカメラを春美に預けて、

「こらっ、止めろ!」

と飛び出した。

いじめ群の逃げ足は早かった。春美が駆け寄り、ハンカチとティッシュを取り出した。顔は何かにぶつかったのか、少し切れていて、出血も多く、ティッシュはすぐ血を吸った。佐竹は、「病院に行って、診断書を貰っておいた方がいい」と言うのに、「たいしたことはないから」と断ったが、春美から佐竹の素性を聞くと、素直に従った。近くの外科医院に行った。傷はたいしたことないが、縫った方が治りが早いと言って、二針縫った。佐竹は、診断書の料金まで払ってくれた。

佐竹は、写真が明日出来るから、それからお母さんに会える日を決めておいて欲しいと言った。

春美は、佑多に自分が口添えするから、今日のことは隠さず学校に話す方がいい、と自分の考えを述べた。

春美は、スーパーに寄って、夕食の材料を買ってきた。佑多は、鍋物が好きだ。かき鍋にした。

帰ってきた伶子は、佑多の頭の縫帯を見て、興奮した。春美がご飯の後で話しするから、まず食べましょうという言葉で、伶子も落ち着いた。佑多もふだんと変らず、楽しい食卓となって、伶子も安心した。

食事も終って、今日のいじめの経過を話した。連中の名前を言おうとした時、佑多はそれだけはまだ言いたくないと、春美を強く止めた。もし学校でこのことを知った時は、自分から名を明かすが、まだ名前は伏せたいという佑多の言い分は、伶子にも春美にも理解出来なかったが、佑多の真剣さに、何か強い理由があるようなので、佑多の言い分を通した。春美は、自分も写真を撮ったが、新聞社の佐竹記者がその現場に立ち合ってくれたことを伶子は喜んで、春美に何回も礼を言い、佐竹との会見も承知し、伶子の帰宅後でも休みの日でも、佐竹の都合に任せる返事を、春美からすることにした。

佐竹記者が約束通り訪れ、伶子と佑多のいじめをどうするか。つまり学校に表立って抗議するかどうかの話し合いになった。前に息子がいじめに遭っていると抗議しに行った時、「本校にいじめはありません。元気のふざけです。お宅の息子さんも、一緒にやればよい」と担任と教頭よりはぐらかされており、伶子は春美の撮った写真を突きつけて抗議したいと言った。

佐竹も以前に、新聞社として、いじめがあるとの風説で学校に取材に行ったところ、あまりに非協力的で、本校にはいじめはないと門前払いの扱いに、今抗議しておくことも大事だと、新聞社の取材として問題を持ち込みたいとの佐竹の希望には、伶子も佑多も反対しないことにした。春美は、もう少し大きな問題にしなければ、学校は本気になって対策をとらないだろうと危ぶんだ。

佐竹記者が教頭に、いじめについて糺すと、

「本校にいじめはありません」

とけんもほろろの挨拶に、

「傷を負って診断書も取り、告訴の準備もしているんですよ」

「それ本当の話ですか？　本校はいじめのない優良校です。元気があまって、ふざけくら

いはありますが」

「そうですか。いつもの科白《せりふ》で誤魔化そうとするんですね。いじめの現場を見たのは私です。写真もこの通り撮りました。都の教育委員会に行って、私の見たこと、あなた達の教師の態度や対応を詳しく話し、新聞でも大々的に報じますから」

と、佐竹が教頭の前に出した写真数枚を見ると、

「校長と相談しますから」

と写真を持って、教頭は慌てて校長室に入った。五分程経って、

「佐竹さん、どうぞこちらへ」

と教頭は、急に丁寧な言葉となって、校長室に招いた。

「当校にとりまして、今日の話は誠に青天の霹靂のような出来事でして」

「本校は、いじめのない優良校と認められておりますので、このいじめのことがわかりますと、生徒父兄の間にも動揺が起きますので」

「佐竹さん、私共もこれを機会に十分注意致しますので、今回は初回のことでございますから、何卒穏便にお願い出来ませんでしょうか?」

二人共いやにペコペコして、それが学校の指導者の態度、応答かと思うと、情ないより

腹の立つことで、

「それじゃ不問にして、記事にするなということですか?」

「はい、ぜひ何とか」

「被害者の告訴はどうするんですか?」

「それも私の方でよくお話して、何とか穏便に納めるよう手配し、またお宅の社の方も、支局長さんによくお願いして、しかるべく考えますから」

「買収で、被害者と当社を黙らせる気ですか?」

「まあまあ、そんな露骨なことは言わないで。今回の件は、当校としても十分調査しますので、その間の発表は何卒御猶予を」

暮で、新聞社も忙しくなるし、学校の調査を待つことにした。

年が明けて、浦和の松谷の祖父の家も佑多の家も、それから金足の家も、恙なく元日を迎えた。

月半ばが過ぎて、担任に進達いじめの連中が呼ばれて、公園での佑多へのいじめについて糺されたが、進は以前の通り「ふざけ行動」と言い張ったが、写真を見せられ、

「寒いから体を温めようと、お互いにふざけていれば、倒す時もあり、倒される時もある」

と言い張ったが、さすがに「これからは慎重にします」と一歩下がった返事をした。

ひと月が経ったので、佐竹記者は学校へ問い合わせた。

「本人も十分反省しました。ただ先方の親は近日中に呼んで注意致しますので、それから学校の正式表明とさせて頂きます」

結局、学校の頼みで、佐竹はもうしばらく待つことにした。

校長、教頭、担任の三人の前で、いじめを糺されたことは、当然いじめの連中には面白くないことで、一応先生には神妙な姿勢を見せたが、内心の温度は上がっていた。

佑多は、明日玉川へ行こうと誘われた。連中の公園でのいじめが耳に入って、その仕返しの今度の責め方は相当だなと、佑多はピンときたが、今度は自分も応じる腹を決めた。

いつものように電車を降りると、真ん中に挟まれ、佑多はわざと項垂《うなだ》れた姿で歩いた。連中は、佑多を徹底的にやる興奮を次第に募らせているのがわかった。

水辺が近づくと、連中は止まったのに、佑多が一人で進んだ。

「おい。止まれ」

何回か呼ばれてから向きを変えて、佑多は連中を迎える格好になった。

「前の公園のこと、お前しゃべったな」

「僕はそんなことしていない」

「言いつけたから、教師の野郎知ってるんだ。今日は、しっかり焼きを入れてやるからな」

「君達は、今まで僕をいじめて優越感を持っているようだが、君達は集団でなきゃかかって来れない弱虫、もっとも男として卑怯者なんだ」

「弱虫だ、卑怯者だ。お前こそ手向かい一つも出来ないくせに」

「男なら、一人一人かかってこい！」

佑多の挑発に、群れの連中は燃え上がり、一番最初に浅田が佑多の胸ぐらを取ろうとしたら、簡単に横に放り投げられた。次に小島がかっとして、大きく張り手にいったのに、手は空を切り、体をのけぞらせて倒れた。

「進、こい！」

「よし、俺が相手だ」

進は、組もうとした両手を取り、横に動いた。二人はその格好で水辺に寄った。二人どちらが先に動いたかわからなかったが、黒い体が弧を描いて水面に落ちたのは進だった。それを見て、残ったいじめ群の四人は、怯んで近づけない。

「どうした、弱虫、卑怯者！」

佑多の声に、三人は顔を合わせて、同時に佑多に組みつこうとした。だが一人は伸ばした手を返されて座り込み、横に取りついたのは、前俯せになり、後から抱きついたのは後ろに倒れて胸を押えた。一人は手を振って後ずさりした。

この五人の処置に、十分もかからなかった。全身ずぶ濡れになった進が、やっと水面から起き上がって来た。

「どうする？　もう一丁やるか？」

佑多の強さに、一同は首を振った。中でも寒さに震えている進の姿は哀れであった。

佑多の悠々と帰る後ろ姿を見る五人は、自分達がいじめに遭った恥ずかしさを誰もが感じていた。

佑多は十カ月間、それこそ必死で合気道の練習に打ち込んでいたのだ。母にも言わなかった。進は柔道の下地があり、他の数人に体を押えられたら、それを払うことは容易でないと、佑多は気合の動作の合気道を選んだ。佑多は、三年に進級してもあいつらにいじめられては、大学受験の勉強にも支障を来たすと、あいつらに勝つことを決心しての、密かな修行が実を結んだ。

翌週登校すると、あいつらは佑多に向かって小さいが頭を下げた。進の席は空いていた。

佐竹記者が、学校の対応に真剣さがないので、告訴したらどうかと相談に来た。伶子も同意したが、帰って来た佑多は、なぜか反対した。理由を聞くと、

「あいつらは、いじめを止めるだろう。お母さん、本当のこと言おうか。僕はあいつらに勝ったんだ。他の奴らにはどうかしらないが、僕にはもう手を出さない。だから告訴はもういいよ」

伶子には、不思議な話だった。目の前の佑多が、一挙に大きく見えた。話の本質を聞きたいと迫ったが、

「もう済んだことを、得々としゃべりたくないよ」

と取り合わなかった。

翌日佐竹から、学校側の連絡として、今日いじめの連中の親を呼んでいたところ、一番肝心な親が、子供が病気で病院へ行くので、一日延ばして欲しいということなので、明後日に佐竹記者に来て貰いたいと連絡があり、伶子にも学校からその旨の電話があった。

その日、佐竹記者と伶子は、校長、教頭、担任の三人と面接した。校長は、

「いじめの主犯格は、金足さんでした。御存知でしょう?」

伶子は、教頭から金足の名を聞いて驚いた。

「佑多君のお母さんには、今一番お世話になっている人なのに、その息子さんを長い間いじめてきたとはと、しまいには泣いておりました。そしてとにかく先方としては、お宅に伺って、自分の誠意を尽くしたいし、その上で告訴なりどんな処罰でも受けるから、明日会社がお休みだそうで、午後早く伺う旨私に伝えて下さいということでした」

教頭が続けた。

「ほかの連中の親も恐縮し、子供にいじめをもうやらないと約束させた由で、金足さんとも相談して、お詫びの方法も考えますと申しますので、告訴の方は、何卒先方の意向を聞いてからのこととお願いします」

伶子にとっても、佑多のいじめの大将とあっては、昌子との関係もおかしくなることであって、今だったら事が平穏に終りそうだし、佑多も今後彼らも手を出さないとわかっては、あまり問題を大きくしないで納めたい意向を示したので、佐竹としても、もう少し記事を延期することにした。

翌朝八時、昌子から伶子に電話があった。

「過ぎたことでもあり、今後いじめもないと約束されたと聞きました。佑多も問題にしていませんので、これで終結として忘れることにいたしましょう」

伶子の言葉を謝しつつも、昌子はどうでも伺わせてくれとの哀願の声に、伶子も「どうぞ」と返事した。午後一時に姿を見せた昌子は、洋間に膝を付いて頭を伏せた。

「申し訳ありません。佑多さんへの暴行の数々を知らなかったのはすべて親の責任です」

伶子は慌てて、昌子の手を取って座らせた。昌子は、顔を覆って泣いた。伶子は慰めるのに時間がかかった。

「あの子も、前と違って家庭内暴力も少なくなり、日常の態度にも節度が出て、それも私の母の愛を受け取って、人が変ったとさえ思っていたのです」

いじめの相手が、母の親友、松谷家の佑多と知って、進も驚いた。母の苦境もわかって、進の心境も素直になった。

「佑多さんに投げ飛ばされたことが、薬となってくれるのを祈っております。それにしても、佑多さんは偉い。頭が下がります」

「私も佑多が、道場に通っていたとは知りませんでした」

佑多を誉めることも出来ない。

昌子は、他のいじめの親とも相談して、改めて伺うと言うのを、伶子は「もう過去のことで、許すの謝るのとそんなことは水に流します」と校長にも伝えますからと言っても、二人の間にしこりを残したまま別れざるを得なかった。

伶子は佐竹記者にも事情を説明した。佐竹は学校のいじめを報じる際、いじめ対いじめられる者の対応で見事に解決したこと、そしていじめる者こそが弱虫なんだという実態を正面から主張し、世間に一服の清涼剤を流したとして、記者としての評判を上げた。

数日後、いじめ組の昌子をはじめ、他の親達が、羽根布団を詫びの印として携え、校長、教頭、担任を交えて伶子を訪問した。伶子は、佐竹記者も呼び、寿司をとって、和解の宴を張った。

15

進を頭とするいじめ隊は、学校より解散を命じられ、佑多に逆に川に投げられた事実も次第に広まり、進の方が登校をさぼるようになった。母の側にも寄りがたくなって、間に一筋の重いしこりが出来た。その分ホテルの昼食に通う回数が増え、声をかける女性の買い物の手助けをして、家までお供した。

学校に投書があった。ホテルの昼食に来て女性と仲良くなり、家について行き、何をしているかわからないが、おそらくセックスを目的として、女漁りしているに違いないという主旨である。

学校としても、放っておけない。だが、ホテルを調査するといっても、数は多いし、先生の数は少ない。それに費用もかかる。どこを探し、生徒を発見するか。先生達の何回かの打ち合わせで、先生二人一組で、二組ずつ一週間ホテルを探すことにした。生徒は、登校していない生徒で、進の名はその一人である。一日ホテル二カ所ずつ、一週間十二のホテルを回ったが、思いあたる生徒にぶつからない。もう一組三回だけ、調査を延ばすことにした。

とうとう三日目に発見された。予想した通り進であった。人の陰で、先生方はじっくり観察した。何人かの女に声をかけられ、その中の一人とハイヤーに乗った。

ハイヤーは住宅街に止まり、家に入った。二人の先生は、外で見張った。一時間半後、相手の女性に送られて玄関に現われた。女は、お陰でタンスや家具の移動が出来た礼を何度も言った。

先生方は会議を開いた。進の行為を責める何もない。休んで食事に行き、頼まれて力の仕事をしただけだ。家具の移動に力を借して、いくばくかの金子を受け取ったとしても、学校で調べる権限もない。まして女とセックスしたかとは聞けない。ただ登校することを勧めるだけだ。学校の調べは終った。

進の喪服を着た女性への思いは募る。進は女に近づく方法を考えた。荷物の配達員になることだ。古い作業服と帽子を買った。それにマスクと眼鏡をすればよい。

進は電気屋に行って、箱を探した。八十センチくらいの高さで、人の半身が入る物。次に花屋に行って山茶花《さざんか》の鉢を買った。その苗木の鉢を、箱の底に厳重に、ガムテープで取り付ける。

それを自転車に付けて、マンションに行く。二時ではまだ買い物にも行く時間ではない。ベルを押す。返事がして、ドアが少し開く。

「配達です」

大きな箱なので、ドアを一杯に開く。

「重いから中へ運びます」

そう言って、奥へ運び、さらに、

「手が汚れますから、開いておきましょう」

相手に否応を言わせず、テープをはがし、蓋を開ける。

「どうぞ、厳重に安定してるようですが、これはご自分でどうぞ」

事がどんどん進んで、当然主人が見る段階である。

その女性、標札で知った大浦光子は、何気なく箱の底を覗いて、体を半分折って、鉢に手をかけたが、なかなか取れそうもない。

「もう少し頑張ってみて下さい。駄目なら、私がいたしますので」

進の声に応じて、光子は底に手を届かせるため、体を深く入れた。足が床を離れ、この深さで簡単に体を戻せなくなった。

その瞬間、進の考えた通りの形となった。足が浮く。その股を抱いて、女のズボンと下着を一緒に握って、ぐいと下に引っ張る。簡単に足首でまとまったのを脱がせた。下半身が露《あらわ》になる。箱の底で声にならぬような声がして、体を床に戻そうとあがき、足をバタバタする。一群《むら》の黒点を中心として、二本の足が伸びている。ふだんでは見れない形、面白い構図である。暴れる足を片手で押え、片手でシャッターを押す。進は、この構図を想定して、カメラまで用意してきた。

進はバンドを外し、自分の下肢を自由にしながら、先の黒い群れの中に挿入した。姿勢が逆なので、最初は思う具合にいかなかったが、急に元まで入った。それで数回運動させる。突然箱の底から光子の絶叫がする。急に力を失った光子に、進は自分の体を外し、箱をそっと横に倒し、光子を抱くようにして箱の外に出した。光子は、いきなり進の腰にしがみついて泣き出した。

進は、光子を抱いてベッドに運んだ。光子は、進を離すまいとするかのように回した腕を締め、キスを求めた。光子は、烈しかった。何回も頂上に達した。その烈しさは、久しい間の乾きを埋めるものだった。

終って、また光子は泣いた。進は、そっとマンションを出た。持ってきたダンボールは、畳んで持ち返った。

事のあまりにうまく運んだことに、本当にあったのだろうかと、酔った気持で家に帰った。コーヒーを飲んだ。自分の神経と頭を目覚めさせるためだ。ベッドに横になる。もう何もしたくない、満ち足りた気持ちだった。

あの人には、悪いことをした。それは現実である。だが、あの人の体は喜んでいた。それも現実である。あの人は、あの喜び、あの飢えたところの絶頂感を待っていたのではないかと思う。あの人の泣いた涙は喜びであり、閉ざされた飢えの悲しみではなかったか。

昌子が帰ってきた。

「おいしい弁当あるわよ」
と言うので、夕食は昌子の作った味噌汁と弁当で済ました。今夜は、昌子の誘う様子が見える。進は、光子との感触を汚したくないので、
「頭が痛い。風邪をひいたようだ。風呂も入らない」
と、自分の部屋に引っ込んだ。

浦和の祖父から電話があった。一週間ショートステイを祖母と一緒にして帰ったことを知らせてきた。

一年前ヘルパーが、新設の施設に移ったから、「ためしに来てみませんか」と言われて行ったことがある。その感想を聞いたら、祖父は施設には、もう絶対行くものかと怒っていた。

聞くと、まず二泊するのに、五万円近くかかったことだった。まず申し込むと、施設から体の状況など、介護保険の加入時と同じような調査を受けた。そして血液検査を受けてくれと言ってきた。それでその検査を近所の診療所に頼んだら、一人一万二千円くらいの費用がかかった。次に施設へ呼ばれて質問、それからまた数日後施設へ行って医師の身体

検査、それでやっと施設へステイすることが出来た。

新設だから建物は綺麗だが、洋服ダンスがあっても、洋服を掛けるハンガーがない。そして持ち物、着る物、パンツから靴下まで名前を書く。落ち着きそうで手持ち無沙汰の退屈で、何か食べたいからと外出しようとしても、ドアは職員でなければ開かぬ仕掛けで、外へは出られない。食事は量が少なく、私にも足りない。障害があって入所している人達の運動、丸く並べた椅子に座って、風船みたいなボールの投げ合い、仲間に入れと言われても、そんなことやりにきたわけじゃない、入所した二日間は入浴なし。日曜日に帰ることにしてあったのに、預かっている保険証は係がいないから、後日取りに来いと言う。送ってくれと言っても、取りに来いの一点張りに、祖父はとうとう怒った。翌日所長に電話をして、先方から送らせることにしたが、先方は謝りもしない。事務室に行っても、上席の男は椅子で頭を後ろ手に抱えて「何でしょうか?」と立っても来ず、窓口の女性が来るまで無視。

合計五万円近く払ってこんな待遇の介護にもう行くものかとすっかり見切りをつけた祖父であったが、今度の入院で体力も落ち、家へ帰っても家事をやれぬから、一週間程ショートステイして体力をつけた方がいいとの社協の勧めで、市で一番古い、市の息のかかった施設に入所したのである。そこの建築物は古く、老人専門の病院として、とかくの噂のあるところだった。幸い二階の八ベッド入る部屋が空いていて、祖父と祖母はその部屋を当てがわれたことは、幸いだった。入って一時間程経つと、食堂へ集合のベルが鳴り、職員が部屋部屋を回って、入居者に集合を促した。食堂は祖父達の部屋の隣で、人々は集り出した。集合の合図が五時二十分、祖父達は席を指定されて座った。八人席で、半分座っていた。その人達に挨拶する。

だんだん席が埋まってくる。歩行補助器で来る人が数人、次に向かい合いで職員に手を取られて来る人。そして車椅子を押して貰って席に着き、前掛けをかけて貰う人。五十人程の席が埋ったのがちょうど六時、自分の足で歩いて来る人は、四十分間介護される人達の着席を、ただ待たねばならぬ。ちょうど六時に配膳車が入る。それから各自のお盆に、ご飯、お采、箸かスプーンを付けて、運ばれる。職員は、ご飯の上にお采をあけるもの、さらにそのお采をご飯にかき混ぜるものとそれぞれ作業して、前掛けを着けた人達に配る。その間に味噌汁が、大きな容器からお椀に配られる。この時間二十分、全員に渡ったことを見て、食べてよしの合図がある。

ご飯は、小さな茶碗、胃潰瘍の私にはちょうどよいが、ふだんだったら足りない。私の向かいの席の人は、せいぜい六十くらいで何かと職員を手伝ったり、ラジオのチャンネルを変えたり、常人の状態である。何でこんな施設に入っているのか、不思議に思う。家庭にあっては家長の立場、体も悪い所もない様子。他の同席の人は、これも六十を出たかくらいの、首飾りを着けた婦人で、隣席の常人に時々話しかけるが、他の四人は一切無言。私の食事は五分もかからず終ってしまう。ヨーグルトが、デザートとして配られてくる。前掛けの人は、職員に口へ入れて貰ったりする人もあり、なかなか終らないが、立つ人がいない。六時四十分大体終ったのを見て、席を立ち始める。

まったく食堂の席に着いてから立つまでの一時間、常人が食べる時間は、一品のお菜では二十分もかからない。食事中や食事後、職員の叱責のほか、何の発言もない。私には五十分も私語もない、完全な空間以外の何ものでもなかった。

夜は当番女性が一人で、職員のいる室は電灯もつかなかった。見回りに歩き回っている人の叱責の声がする。そっと起きて部屋を覗く。当番女性が、年寄りのズロースを取り替えている。次のベッドの人の向きを反対に変えている。これは大変な仕事だと思う。溲瓶《しびん》の尿を捨ててくる。朝になれば、パジャマから日常のTシャツに替える。布団を直す。これでは仮眠を取る暇もない。

昼買い物がある。近所に名を知られた和菓子屋があるので出かけようとしたら、ストップがかかった。外出するなら、娘を呼びなさいと言う。こちらは常人で、夫婦で出かけるのだからと言っても、許可しない。

私達患者の動けるのは、部屋とトイレの十メートルだけで階段には鍵がかかっている。それを知らされて、施設が半ば牢獄のように思えてきた。外の地面を歩く余裕もない。運動不足になってしまう。

三日目、祖母が老婦人に、

「松谷さんじゃありませんか?」

と声をかけられた。

「私十年ちょっと前に、お宅に野菜を売りに行ったり、引っ越しの手伝いもした野崎いくです」

妻はもう忘れて知りようがないが、顕士郎は思い出した。スーパーの近くの借家にいて、妻が手伝いを何度も頼みに行き、私が入院した時、付添いを頼んだこともある。顕士郎は、顔は会ってもわからぬが、十三年前の調法な人を、はっきり思い出した。

聞くと、二年前から入所している。年は九十歳、頭は少しもぼけていない。息子は六十歳で死に、娘は六十以上になり、田無市にいるのでなかなか来れないし、ここは一生出て行けと言わないから、ここを死に場所に選びましたと言う。別れ際に、カルケット一個とアメ一つをくれようとする。私達は帰れば食べられるからと断わったが、二人の手に残して自分の部屋に戻った。

顕士郎夫婦は、七日間のステイである。その間、野崎さんは毎日二時間程話しに来た。この施設へ入った以上、どこへも出かけられない野崎さんを、せめて一日でも家に呼んで、ご馳走したいと思った。それを職員に相談したら、文書にして事務所に出してくれとのことだった。

六日間の食事などで、肉の出たのは二日目のスープの中の挽肉と、帰る日の昼の鶏のから揚げだけだった。デザートは毎食つくが、大部分ヨーグルト、プリン、牛乳などで、三時のおやつも同じ。小さな饅頭が出たのは、一日だけだった。

新しい施設があちこち出来ているので、ここも建て替えるという話があるそうだが、顕士郎には牢獄という印象だけが残った。顕士郎は原稿用紙を持ってきたからいいが、妻は起きてもしようがないと、食堂に集まる時だけ起きて、後は寝通した。

家へ物を取りに一時帰りたいと言っても、娘を呼べ。買い物したけりゃ娘を呼べ。何でも家族を呼べというのは、門外に出して怪我でもすれば施設の責任になる。それに入所者一人一人の注文を受けることは、面倒くさい。ここは牢獄なのだぞという意思がはっきりと見える。それで常人であっても、体に支障のある人間として、絶対施設の門外に出してくれない。他の新しい施設は、建物も明るく、施設内の庭で健康的に遊べたり、患者揃って外出させるところもある由。いい施設は常にショートステイの人は一杯らしいが、顕士郎の入った施設には、ショートステイが一人もいなかったのは、さもあらんということだ。

帰宅してから、顕士郎は野崎さんを家庭へ招待することについて、施設へ正式に書類を出したが、回答なしであった。働く職員の中には、誠心誠意、介護を必要とする人の生活に手助けをしている人もいるが、施設の長をはじめ事務職員は、患者は人でなく、自分達の生活給与を得るための物でしかないと映った。顕士郎の判断は、頭の動く人は、ショートステイはしない方がよいということであった。趣味もない、することのない人は、弁当を食べて風呂に入って幸せと考えれば、別であるが。

16

祖父と祖母がショートステイから帰ってきたので、伶子と佑多は二日後浦和へ行ってみた。春美も入院の時お見舞いに行かなかったから、今は何でも食べられると聞いて、蜜柑、バナナ、ぶどう、いちごを二つの袋に入れてきた。

三人共、祖父の顔の痩せたのを見て、息を飲んだ。その顔を察して、

「四十キロになっちゃった。鏡を見て、自分で驚いた。京都六波羅蜜寺の空也上人像よりまだひどい痩せ方だ。よくこれで生きていると思った」

祖父は筋肉質で、壮年時の最高でも五十キロ、それが十キロ痩せたと言う。六波羅蜜寺の空也上人の像と比較したが、その像の飛出た喉骨の下の鎖骨や肋骨は、見ても恐ろしくなる半裸体像で、祖父の腕・足・腹の皮膚は、一面の縮緬皺《ちりめんじわ》だ。祖父はその腕を叩いて、「もう長くないな。そう思えば、いろいろ急がなくちゃ」

笑い方も、寂しかった。

「そんな情けないことをおっしゃらないで下さい。介護を要するお父さん、お母さんを私

がお手伝いしないで、ヘルパーさんに任せっ放しにしたことは、重重申し訳ないことです。家へ帰って、佑多とよく考えます」

「伶子さん、私達はヘルパーさんの支援で、まだ大丈夫だ。いよいよ体が動かなくなれば、病院なり、施設に入ればよい。あんただって先のことはわからない。いい伴侶が出ないとも限らない。私はあんたが嫁だからといって、無理を言う積りはない。自由に考えればよい」

「お父さんのお気持は、ありがたいと思ってます」

「お祖父《じい》ちゃんは根は丈夫なんだから、もっともっと長生きするわ。私ね、高校を出たら大学なんてのんきなこと言っていないで、看護婦になろうと思うの。そしたら私がお祖父《じい》ちゃん、お祖父《ばあ》ちゃんの看護してあげられる。心配しないで」

「ありがとう、春美ちゃん。あんたが看護婦になって看病してくれるまで、生きているよ。長生きも嬉しくなったよ」

顕士郎は眼鏡を取った。涙を拭くためである。

その夜、伶子と佑多は、浦和の祖父、祖母を自分達としてどう対処するか、話し合った。二人の心には、今回の祖父の入院から、特に伶子は自分の心を咎めている。今しばらくはいいとしても、早晩身近で介護する宿命を負っている。夫がいたら、当然浦和へ同居していたろう。もう少しその時期を延ばしたとしても、少なくとも一週間に一、二回は、伶子に介護することを求めたであろう。伶子は、今の仕事は楽しくて、ずっと勤めたいが、そのわがままの許されない時期となったことは覚悟しなければならない。佑多は転校しなくても通える。三年になっての転校は、受験準備にも響くので、それを避けられることは幸いであった。

進は、一日で光子に憧れてしまった。あの不法な行為によって、衝撃的な感覚もさることながら、その激しい行為の中に、しっとりとした女の雰囲気が忘れられず、進は手紙を出した。

「先日は乱暴なふるまい、申し訳もありません。お葬儀で、貴女のお姿を見てから、一日として忘れられなくなりました。それで考えた末、あの行動を考えました。そして成功しました。若い私ですが、私の理想の女の人に会ったのです。もう乱暴はしません。貴女の一生を、僕は手伝い要員として仕えることを誓います。ですからもう一度会って下さい。お願いします。後で電話をかけます。よい返事であることを祈ります」

手紙には、逆さの露な姿と箱から出た時の、二枚の写真を同封した。会ってくれねば、この写真を近所にばらまくという脅迫の意が含まれている。このことはしたくなかったが、進には必死の手段であった。

三日目土曜の午後、進は電話した。

「会いたいのです。手紙の通り、私はどんな仕事でもします。家へ伺わせて下さい」

もし、光子が警察に訴えれば、捕まることは必至である。進はそれでもかまわないと思った。胸がどきどきした。

「すぐいらっしゃい」

優しい響きである。

「はい、すぐ行きます」

進は声を弾ませて答えた。天にも昇る気持である。両手を挙げて飛び上がったが、「行きます」でなく「伺います」と言えばよかったと反省した。

歩いても七、八分で行けるが、ちょうどバスが来たので乗った。一停留場である。

ベルを押す。すぐドアが開いて、手を引いて内に入れられた。今日は、ブラウスとスカートである。

「この間は、本当に悪い僕でした。でも手紙に書いた通り……」

「何も言わなくてもいいの」

目の前に、ベッドがある。

光子はブラウスを脱いで、スカートのホックを外す。スカートが落ちる。短い薄いＴシャツとパンティだけになり、進のズボンのバンドの留め具を外して布団に入り、

「いらっしゃい」

と手を伸ばした。進はズボンを床に穿き捨て、セーターを乱暴に脱ぎ、光子の横に並んで、力一杯抱きつく。光子も進の肩と背に手を回し、自然に唇が合う。進は、夢中で首を振って吸う。光子は手で進の体を離すと、反対の形になり、パンツを下ろすと片手で握って口にくわえる。光子は股を開いて、進の顔に当てる。進もパンティを脱がそうとすると、光子は足を使って取った。二人は夢中で、棒の飴と貝の底の飴を舐め合い、吸い合う。

進は、

「止めて、もう待てない」

と光子の体を押し上げる。光子は進の体から離れると、上に跨り、ゆっくり上下する。少しして光子の動きが烈しくなる。進は耐えようとするが、激しく首を振り、二人の極楽が

ぶつかり合い、声を発して光子は進の体にしがみつき、進は光子の体を力一杯抱きしめた。数分もやの中に漂う。二人は体を離し、天井を向いて手を取り合う。何か言いたくても言えない。二人の体は、全く動かない。

何分か眠ったらしい。二人はまた向き合って、今度は進が上になる。進は回復している。今度は焦らず、ゆっくり仕上げていく。進は、母の指導で、完全な大人のセックス技術をマスターしている。

事が終ると、光子はすばやく身仕度した。

「シャワーを浴びなさい」

「いいんです。家で風呂に入るから」

進は、光子の気配りを察したが、彼女の匂いを出来るだけ持ちたいのだ。光子は、コーヒーをテーブルの上に乗せた。光子の持った物は優雅で、何でもおいしいと思う。

「また、伺ってもいいですか?」

返事がない。

「僕何かお手伝いすることありませんか。力はありますから」

それも返事がない。

「何も答えて頂けませんが、僕が嫌いだからですか?」

「私、心から恥ずかしいのです。貴男と話していると、もっと貴男を知りたくなります。コーヒーを飲んだら、お帰りになって下さい」

進は立ち上がった。

「もう来るなということですか。電話もいけませんか?」

光子は、微かに笑って首を横に振った。ドアを開けた。

一週間経った。進は、電話をかけた。通じない。光子のドアの前に立った。標札が外されている。ベルを押しても応答がない。幸い隣の人が出て来た。

「さあ、引っ越し先をどなたにも教えずに……」

あの人はどうして? 僕から逃げたかったのか? その自分にどうして二回目を許したか? どこへ逃げたか? 進の夢の人は消えた。進はその夜、母の体に夢中に溺れた。

佑多と母伶子の話し合いは、三月一杯で伶子は退職して、二人で浦和の祖父の家へ同居することであった。

祖父は、ヘルパーの支援があれば、大丈夫。まだまだ同居して助けて貰う必要はないと言ったが、伶子にも佑多にも、祖父達を手助けする時期を、目の当たりに見て知った。

「私は八十を過ぎたら、何をするにも億劫になって」

と祖母はそう言って、洗濯だけは不思議にするが、掃除は道端に庭の柿の葉一枚落ちていても拾いにいくのに、箒はもちろん、電気掃除機は扱いも知らない。新聞、広告類も綺麗に畳んで、ごみ処分に出すこともしない。

そして一番祖父を困らせているのは、自分の着る物を隅に積み置くことだ。祖父が戸棚にシーツ、タオルやその他祖母の下着、靴下、ハンカチの類まで箱や籠に入れて名札を貼ってあるのに、それらは一切無視。冬から夏物の区分けもせず、寝室に一盛り、二盛り山積みが出来ると、祖父の書斎を占領。さらに納戸に積み置き、針道具もどこにあるやら。

さらに手紙、ちり紙、広告その他を何でも小箱に入れて、中には大事な手紙もあり、その箱も点検しなければならなず、ほかに台所では、食器棚には客用のは客用、家族のはこと置き場所を決めてあるのに、祖母には台所用、客間用の区別がなくなり、タッパーは絶対使用せず、蓋はゴミとして廃棄するし、冷蔵庫も空皿や丼の入れ場となり、皿や丼類が形、大きさ同じ物を重ねることをせず、何でも大小、形構わず重ねる始末。だから一枚を探し出すのに時間がかかる。

さらに近頃、祖母の痴呆度が進行し、判断力はほとんどゼロ。目の前にあっても、わからなくなった。祖父が用を言いつけても一回では駄目、少なくとも五回言わなければ仕事にならない。それなら祖父が自分で動く方がずっと早い。食事にお菜だと思って生菓子を持ってくる。それは菓子だからと下げさせると、一分後にまた持ってくる。こうした繰り返しは八回にも及ぶこともあり、ねぎを切ってもすぐ忘れてまた切ってくるし、支払いの金を渡すと、三分後に業者が来ても、渡した金がない。どこに置いたかわからなくなっている。置き忘れた眼鏡を手にして来るのでどこにあったと聞いてももう記憶がなく、祖父は「我が家は、松谷斉貞無女奇術師の家だ。今渡した物が、あっという間になくなり、どこからか出てくる」と笑った。

その上困ったことには、来客用の生菓子が残っている筈のがない。ま、一つか二つだから祖母が食べても仕方がないと思っていたが、ヘルパーにスーパーで買わせた桜餅、草餅の八つ、それと中華まんじゅう計九つが、桜餅一つしか残っていない。冷蔵庫にもない。私は食べないと言うが、犯人は祖母しかいないのだ。一度に食べたらしい。ジャムを買った。昼祖母が何か食べているのを見るとジャムで、小さい瓶だが全部食べてしまった。翌日またジャムを買い、一回つけて冷蔵庫に入れておいたのがない。祖母しか考えられない。

三日目新しいのを買い、一回つけて食べ、「これはジャムで、菓子でないからすぐしまいなさい」と祖父は言って、テレビを向いて筆記して、後ろを振り向いたら、ジャムは空という始末。

甘栗、落花生も一度に一袋食べてしまったし、みかん一箱祖父が一日一個ずつ食べて、七個めをと言うと箱は空だと祖母が言うのに驚いた。祖父が夜のどが渇くので、飴を二袋買ってきたのを、一粒も口に入れないのに、祖母は全部食べてしまった。見ると、あるだけ食べないと気が済まないのだろうか。それでも私は食べないと言い張る。これも病気が食べさせるのだからと、祖父は菓子類を祖母のわからぬ所に隠すようにしたという。

食事は外食産業から時折とるが、土曜日二日分来れば勝手に混ぜ、調味料は捨ててしまうので、ヘルパーが料理するから手をつけないよう、よく言い聞かせたのに、翌日また封を切ったり混ぜたりしている。明日まで絶対蓋を開けぬよう固く結んで、書斎から二時間後出てきたら、また蓋を開けて混ぜて茹でていたということで、祖母においしい物を食べさせようと、食材会社から購入しても、この有様では止めてしまわざるを得ない。祖母のために祖父の大半の時間が割かれる事態を電話で聞き、また目の前で見ては、いくら厚労省が介護保険で守っていくので、孝行する必要はないと言っても、伜子としても親を見ないと責める自身の声が大きくなる。

家の問題は、マンション住いの伶子の上司が借りてくれることになった。什器類は、浦和で冷暖房機以外は必要でないので、借りる人の使う物は使って貰って、不用な物は処分して貰うことにした。運ぶのは寝具と衣類、冷暖房機と伶子の化粧テーブル、後は佑多の学用品だけで、赤帽トラックで十分である。

こうして伶子は、三月三十一日で退社し、翌四月一日に浦和に移る準備を始めた。

17

大浦光子に逃げられて、次の餌物探しに進は躍起となった。近くのマンションで、一人住まいの美人を見つけた。光子の日本型とは違って、外国的な彫りの深い容貌は、一流会社のエリート社員か、モデルと思われた。手口は前の大浦光子で味をしめている。今度の女性は、三井香織と名も洒落ていた。

手順通りに部屋に入る。部屋が暖かく、スカートでリラックスの姿だ。荷物の底から顔を上げ、進は「どうぞ」と香織を促した。女性の不用意の姿が目の前にある。スカートは半分箱の底に裏返り、パンティが現われた。パンティなら脱ぐには容易だ。いきなり両足を天上に上げられ、女が箱の外で何か怒鳴ったが、パンティをすっぽり取り外した進は、女の芯の中に深々と底を突いた。女は悲鳴に変る。進は容赦せずに、溜っていた精液を一ぺんに放出する。

香織は、箱から体を抜くと、いきなり進の横顔に「パシッ！」と力一杯張り手を飛ばした。その怒った顔に、自尊心の強さを感じた。

「ありがとうございました」

進は箱を畳んで、マンションを出た。

自尊心の高い美人中の美人の体を味わって、進の女性探索欲は満たされたが、一面何ともいいようのない後味の悪さを感じた。

一週間が経った。この前のように写真を送った。プライドの高い女性ほど、自分の恥ずかしい部分を他に撒かれたり、会社に送られることを恐れるから、二度目は黙って許す筈だ。

進が電話すると、

「写真のネガを持ってくることが条件よ」

女は、案外素直だった。

二度目は、ベッドの上だ。この美人を征服したという男の満足はなかった。それは、女が行為に無感覚であったことだ。鼻唄を歌ったり、手紙を読んだり、ことさらしらじらしい態度に、今度はこっちが思い切り横ビンタを張りたいと思ったが、その代り放出物を顔から胸に放した。当然女は怒った。

「また来たら警察へ届けるわよ。住居侵入と脅迫罪、それに婦女暴行罪、罪は軽くないわ」

「何とでも言え。勝ったのは俺だ。ネガはやったが、ごまんと焼き増ししてある。喧嘩ならいつでも買うよ」

「少年院に送られて、人生に箔がつくわね」

「どうぞ。すると友達が、会社中に撒いてやるよ」

捨てぜりふを残して、マンションを出る。あの高慢な女を征服した痛快さに、体が浮くように軽い。警察に届けるといっても、自分がどこの誰だかもわからない。それに会社に写真を撒かれることが怖いに決まっている。何、次を探せばよい。

次の獲物は、今までで一番遠いマンションですぐ見つけた。一目で夜の商売とわかる和服の女である。わりに大柄で、その化粧も今までの女性とは違って、その隠れた下半身に、強い魅力を感じた。

手順は慣れている。この三番目の女、西和歌子もたわいなく箱の底に体を埋めた。進は両足を抱える。今までの二人より、一番重い。それに着方がしっかりしているから、着物の裾も乱れない。それを上から一枚ずつ広げていく動作は、中学の頃母の買ってきた竹の子の皮を剥いだことを思い出させた。一番最後を剥くと、着物は逆に上半身を被って、女の自由を束縛した。肌色のパンティを抜き取り、進の剣を突き刺す。大柄なので、今迄と違って、後から攻めたことになる。女は観念したか、おとなしく早く終るのを待っているふうである。終ると、

「まだ高校生くらいなのに、恐ろしい子ね」

「僕、天女みたいな人に憧れていたんだ」

進は機械やコンピュータなどに興味があるが、文学方面はまったく駄目。佑多は進とまったく反対。天女など忘れられた言葉だが、佑多はいくら美人でも、天女のように優しく気品がなければ、本当の美人でないとよく言っていたのを失敬した。

「僕、天女にもう一度会いたい」

「いいわよ。その代りお金持って来るのよ」

「お金？　いくら？」

「私、高いのよ」

「金だって都合つくさ」

「偉いのね。私の値段は三十万から五十万」

進は五万くらいに考えていた。

「へーえ、そんなに高いの？」

「私達はこうして贅沢な生活をし、お金を貯めるのよ」

「僕そのうちもう一度来るからね」

「今時じゃ出勤に遅れてしまうわ。来るならもっと早くよ！」

「はい。帰ります。毎度ありがとうございます」

今日は、前回の高慢ちきの三井香織と違った、唄でも唄いたい気持ちだった。

一週間後、電話をかけた。

これから行ってもいいかと聞くと、相手の「いいわ」との返事に、進はメロンを土産に買った。写真のネガは持った。金の代りにネガで取引きするつもりである。

和歌子は、すっかり化粧している。着物でない洋装で髪型も違い、やはり天女であった。

進は、洋装は自分を迎えるためと思った。

「私はお風呂に入って体は綺麗よ。だからあなたもバスかシャワー使って。それでなけりゃ嫌よ」

「じゃ僕、シャワーしてくる」

風呂場に入り、鼻唄を唄いながらシャワーを浴びる。出て来ると、コーヒーが入っていた。

「それ飲んでからにしましょう」

「はい、頂きます」

女性は、学校や家庭のことを聞いてくる。進は早くベッドに入りたいので、いい加減に返事して、コーヒーを空にし、さあと立ち上がろうとした時、ベルが鳴った。同時に背広の中年と若い二人がズカズカと上がって来た。

進は、不吉な予感がした。

「この子です」

女が、言った。

中年の男は、ポケットから黒い手帳を出した。

「警察だ」

若いのが、進の腕を取った。

「ご苦労様でした」

進は、振り向いて和歌子を見た。和歌子は、

「さようなら」

と言って、手を振った。

警察での調べは峻烈だった。常習と見て何件目かを聞いた。進は初めてだと答えた。刑事がマンションを調べても、このマンションでは初めてだし、大浦光子のマンションまで聞き込みをしても、光子以外知らないことだ。進は初めてで通る自信があった。

母の昌子の衝撃は、当然だった。いじめも止めたし、母の目には普通の高校生に戻ったと信じていた。それが女性への暴行である。性に対しては、同級生や町のいわゆる愚連隊の仲間の者との経験もあったが、母の愛で抱いてからは、それらの遊びもなくなり、母の力で更生させたと信じていただけに、ショックは大きかった。

自分の体の母性愛で更生していたと思っていたと警察に言えるわけはないし、相手は年長の美人と聞いて、強いて考えれば、自分とのセックスが逆に進に興味を持たせたのかと

考えざるを得ない。そうすれば昌子は、松谷伶子に教えられたことを恨まねばならぬ。当然会社で、顔を合わせることも辛くなり、お互い声をかけられることも少なくなり、二人の関係は自然よそよそしくなっている。

昌子の家に、家宅捜査が入った。和歌子の写真を持っていたところから、他にあると睨んでのことである。けれど何も出なかった。他の女性がダンボールに逆さに入って下半身を露にしたのと、服装を直した時の写真は、一階の母の寝間、和室の畳の下に隠した。友達も来る。もし見つかったら、必ず漏れる。これは進に暴行がいつか警察に知られるかもしれないという不安があったからだ。

新聞には、都立高校三年生の事件として報じられた。高校生少年Kの家宅侵入と婦女暴行として、家宅侵入の状況は、マンション住まいの女性に恐怖を与えた。今は少年の名は発表されないが、いずれ進とわかれば、この家にはいづらくなり、会社も退職しなければならなくなる。

学校には、校長に警察から知らされたが、生徒や父兄の間で少年探しがさっそく始まり、近頃真面目に出ていた進が出て来なくなったことで、犯人は進でないかと噂が広まり出した。

伶子は、昌子がよそよそしくなり、退職するかもしれないとの噂を耳にして、佑多に聞いても、「知らない」と言う。犯人が昌子の子供の進ならどうしようと考えねばならないと思った。

この進の事件に、教育委員会の反応は早かった。父の光一に対し、八丈島の中学への転勤内示があった。すると、今の住んでいる家はいらなくなる。

伶子も舅、姑の介護のため、三月末日で退職し、四月より浦和に移ることに決めていた。だが、昌子の退職願いが早く出されたために、伶子の退職は少し延ばされることになった。昌子の里は仙台。父母は死んで、二人きりの兄妹、兄が自動車修理工場を経営している。子無しである。昌子が、ヘルパーになって再出発するとの意向を聞いて、昌子の働きを買っている会社は、仙台支社に転勤を図ってくれた。昌子にありがたい話であった。

佑多は、いじめが無くなったので、合気道の練習は休むようになり、その分勉強の方に向けて、受験に備えているのを見れば、伶子は母の愛の真正の勝利を感じた。それなのに昌子の愛はどうしたのだろう。佑多をいじめの際、佑多から逆に大地に叩きつけられた後、いじめも止め、登校も真面目になって、昌子の伝授の愛も成功している、感謝していると、目の奥でサインがあったのに、暴行魔として警察に捕まるとは。「極致の愛」と名づけた行為はどうなったのか。その行為によって迷った道に入ったとすれば、教えた私を怨んでいるかもしれない。謝る、謝らないは別として、伶子は昌子とゆっくり話してみたかった。昌子の送別会が開かれた。生憎臨時の注文があって、会は時間も遅れて慌しさのうちに終り、伶子は二人だけの送別会を昌子に言い出す機会もなく、別れとなってしまった。

佑多と伶子が、浦和に移ってきた。祖父と祖母の喜びようを見て、佑多も伶子も、もっと早く来るべきだったと思った。伶子は、今まで遅れた分の埋め合わせは、二人の年寄りに献身的に尽くすことだと誓った。

夜、形を改めて顕士郎は、伶子に礼を言った。

「伶子さん、ありがとう。私は、あなたを私達の許に縛りつける気持はない。あなたには、あなた自身の幸せを求める権利がある。その時は、遠慮なく自立していいんだよ」

「ありがとうございます。けれど私は一度の失敗でこりました。佑多の母として、また、誠一郎の妻として、お祖父《じい》ちゃんの面倒を見させて貰います」

「ありがとう、でも不思議なもんだな。佑多がここに住むと、学生結婚には反対の私が、学生結婚でもいい。佑多に早く嫁を取って、早くひい孫の顔を見たい。わしの頑固も、勝手な怪しいものだな」

「そうですね。私は今のように晩婚流行でなく、若い体、男は二十代の後半、女は二十三前くらいがいいと思っていますが、学生結婚は賛成できぬとおっしゃっていたのに、佑多に学生結婚を認めるなんて、佑多が聞いたらびっくりしますわ」

「ところで佑多と春美ちゃんの具合はどうなんだ？　待てなくて、大学時代に結婚したいと言わないかね？」

「二人は、お互い心では結婚してもいいという気持はあるでしょうが、大学へ入ればまた違った人が目につくかもしれませんし」

「そうだなあ。神様が誰と誰の指に赤い糸を巻くか……」

伶子には、佑多の結婚の話は、辛いことであった。母親として誰もが息子の結婚話は嬉しいことであるが、それは自分と佑多との別れでもあるので、心の中では佑多の結婚を望まない部分がある。その密《ひそ》かな思いの裏には、秘密な残酷な事実がある。自分が六十になれば佑多は三十、七十になれば四十歳、馬鹿馬鹿しい話になり、伶子は思いを打ち切る。佑多の結婚のことは、当分考えないことにした。

会社から伶子に連絡があった。進の判決が出る日が決まったから、昌子がその日会社に寄るというものであった。伶子は、仙台にさっそく電話をかけた。

「お願い、一日前に来て欲しいの。送別会の時、話そうと思ったけど、その余裕もなかったでしょう。とにかく前の日の昼頃に来て。私迎えに行くわ」

昌子の返事は、軽かった。伶子の要求を素直に承知してくれた。

その日、約束通り浦和駅に昌子は姿を見せた。

18

「昌子さん、お祖父《じい》ちゃんは、人に会うのが好き。喜ぶわ。それに祖父の話は、私達にとってもためになるわ」

昌子の顔は、昔のように明るかった。仙台へ帰って、心にゆとりの出来たのがわかる。道々の話で、家は案外早く買い手がついて、夫に貸しになっていた分も離婚料も取れて、気分的にもはっきり他人になった気がすると言った。離婚を正式に戸籍でしても、夫が三階、進が二階、妻が一階という変則な同居生活が、進を駄目にしたことの反省も語った。自分はまったく愛情もなくなった他人でも、進にとっては父親、その父子関係は進に任せるという。それは当然なことであるが、親権は決められても、二人の物として介入するより、もう高校も卒業する年になれば、子の自由の選択に任すという昌子の考えは、伶子も同調出来た。

昌子は、顕士郎に深く頭を下げた。

「出来の悪い子が、大変ご迷惑をおかけしました。申し訳もございません。進のことは、すべて私達親の責任です」

「いやいや、出来の悪い子と決めつけてはいけない。確かに今は昔と違って、子育てがむずかしくなっている。真っ直ぐの木が曲がるのは、親御さんの責任であることは確か。また親の責任より強い色々な条件、即ち社会的条件、大きく言えば文明の、私は文明の復讐と表現するが、それを防ぎ切れない社会の中で、親、子供達のかかる一時的病気だ。だが、その一時的病気の子供が、腐ってしまうのもあれば、素晴らしい才能を持っていたり、人に尊敬される未来を持っているものもいる。子供を育てるのは年を取るにしたがい、年々むずかしくなるが、また未来の宝を育てる苦労をすると思えば、また楽しいものじゃないですか?」

昌子の胸に、一言一言響いてくる。そしてその響きは、元気と勇気の風として吹いてくる。昌子は、このお祖父《じい》ちゃんに会えてよかったと感謝した。

「お祖父《じい》ちゃん、今夜は私と昌子さんとで、素晴らしいご馳走作りますからね」

「そりゃありがたい」

二人は、買い物に出かけた。日本料理は伶子、肉料理は昌子と分けた。伶子は刺身を求め、えびや白魚の天麩羅物、お祖父《じい》ちゃんはタルタルソースが好きだ。昌子の方は、お祖母《ばあ》ちゃんは魚より肉類党と聞き、ハンバーグと、肉じゃがに竹の子や柔らかい蕪を加えた。その他湯豆腐、野菜サラダなど、テーブル一杯のご馳走にお祖父《じい》ちゃん、お祖母《ばあ》ちゃんも大喜び。佑多は厚いビフテキに満足だ。

「いいわねえ、家族の食事って。私も進が帰ったら、こんな和やかな食卓考えるわ」

松谷家の食卓は、昌子に大きな感動を与えた。

食後の団欒は、どうしても子育てのことに話が繋がる。

「お宅の進君と言ったか、事情は大体伶子から聞いているが、いつ頃から枝が曲がり始めたのかな?」

「はい、中学三年頃からです。特に弟が死んでからです」

「弟さんは、可哀相だったな。子供の自殺、その心を考えると涙が出る。生きて何か世の中に尽くしたいという少年の夢はあったろうに。小さな心でどんなに苦しんだか。その揚句自分の手で未来を潰すなんて、たまらん話だ」

お祖父《じい》ちゃんは目を拭いた。昌子もハンカチを出して、しばらく顔を覆った。

「私の結婚の失敗が、すべての原因です。高校に入り、家庭では暴力で家を壊し、親にバットを振るい、学校ではいじめの大将となりました」

「それで、お母さんとしてはどう対応しました?」

「私の愛し方が足りないのだと思い、私も精いっぱいの、いえ、必死とも言った方がよい愛情を注いだつもりなのですが」

「ほう、必死の愛情とは具体的に?」

「家庭内暴力に狂ったような進を、殺して私も死のうと思いました。包丁を片手に持って、あの子を抱きました」

「進君は、その時どうしました?」

「私も夢中、それからどうなったか……。気がついたら、二人座って向かい合っていました」

「その気持はわかる。親の愛には色々な形があるが、大きく言えば厳しい愛、つまり親が、自分の方針を愛情と思って押しつける愛、逆に甘過ぎる愛。これは子供を恐れて、何も言えない型、それからまったく子供に無関心、放任主義の三つに大別出来るかな」

「おっしゃられるように、多くの母親はそうだと思います。けれど私の子供に対する愛は、今示された三つの愛の中途半端なものでした。それは片親的家庭のハンディのせいです」

「そこを少し具体的に聞いてみたい」

「自分の父が、子の自分達より他人の子供に愛情を注いでいるのを見せつけられ、その上気に食わぬことには親として威張り、殴るのでは子供だって反発するだけです。もっとも私が上手に操縦できればよかったのですが。

結婚前とはまったく人が変り、その本質を見抜けずに結婚したのが失敗でした。子供には、私にこんな男と結婚してという反発と怒りがありました。子供の愛を重く考えなかった私の責任です。大失格の母親とつくづく応えています。」

「結婚の失敗は恐ろしい。だがあなたには、反省がある。御子さんとの修復が進んでいるじゃありませんか。よかったですね」

「ありがとう存じます。これも伶子さんのお陰です」

「お祖父《じい》ちゃんのお父さんはどんな人でした?」

と気分を転換するように伶子が聞いた。

「父は、浦和の大地主だったが、かまどを覆《かえ》したために、給仕から内務省に入り、直轄の河川工事の現場の親玉として、二十五年一生をかけた工事を成し遂げて、退職する時やっと技師になった人だが、長男の私を可愛がったことは忘れられない。私は、子供の頃から政治家になりたいと思っていたが、中学の時、海軍兵学校を受けろと、参考書を買ってきて、勉強、勉強と責められた。その時はわしも反発した。それは今の親達と変りないが、当時としては珍しい強制親父だったと思う。だが心で反発しても、親の言う通り受験した。今の子供のように、強い反発や行動に現わせなかった。わしは兵学校の受験に失敗し、大学を出てサラリーマンとなった。もし海軍兵学校に入っていれば、大東亜戦争で二十一、二歳で死んでいたろう。考えられることは、昔の親は広い心があったし、子供には素直さがあったということではないかな」

「お祖父《じい》ちゃんは、お父さんとの思い出、一杯持ってるんですね」

「ああ、本当に長男として大事にされ、可愛がられたからな。今でもその時、その時の顔や情景まではっきり浮かんでくる」

「幸せとは、そういうものなんですね。進は、父との楽しいことや嬉しいこと、その思い出を何一つ持っていないでしょう」

「日本は昭和へ入ると、大東亜戦争敗戦、続いて復興《こう》、そして経済成長時代と私達は日本と社会のためと、そりゃ一生懸命働いた。夫は家庭を顧みず、今のように男女同権で、夫の育児休暇や家庭での家事の分担などもなく、子供の子育て、教育は母親の責任とされた。そしてよい会社へ入るためには、学校の成績でよい点をとらねばならず、父親はその現実で、また母親は競争心と見栄を張って、子供の教育への歪んだ関心を、一方的に押し付け強制に子供は反発し、文化の進歩でパソコンなどの文明玩具に取り巻かれ、友達同士の関係も薄くなり、社会には大家族が分散した結果、母親や祖母から実地の子育てを教えられなく育ち、一人か二人の少子社会は、子供をべた可愛がることで我慢心を無くし、他人への愛情を失い、登校拒否や犯罪多発の憂える青少年の今日になってしまったと、私は考えている」

「今おっしゃられたような過程を教えられたこともなく、したがって自分で考えたこともなく、初めてお目にかかって、たくさん教えて頂き、本当にありがとうございました。こうしたお祖父《じい》ちゃんがおられて、佑多さんの幸せなことがわかります。進にもおりましたら、真面目な人間になったでしょうに」

「進さんはこれから頑張ればいいのさ」

床屋へ行っていた佑多が戻ってきた。

「佑多、お前は明日の進君の判決に行かないか？」

「行ってよければ、行きたい。お祖父《じい》ちゃん、どうだろう」

「これからも友人としていくなら、行ってあげた方がいい。進君のお母さんの気持としては、どうです？」

「進が罪をどう受け止め、これからどう生きるかの心構えもわかると思います。佑多さん、進を友達として声をかけてやって下さい」

「いいよ。僕も行く」

「佑多、そうしなさい」

昌子は、形を改め、

「無理なお願いですが、もし刑が許されて自由になりましたら、進をお祖父《じい》ちゃんに会わせて、お話を聞かせたいのですが」

「元気づけることくらいでいいのなら」

「進も将来、佑多さんのお祖父《じい》ちゃんに会えて良かったと思うに違いありません」

「それなら昌子さん、もう一晩お泊りを」

「ありがとうございます」

「よし、それなら春美ちゃんも呼ぼう。そして、歓迎会……、といっては変だけど、進君の好きな夕飯パーティーにしよう」

佑多の弾んだ返事に、祖父も乗って、

「それはいい。佑多、春美さんに知らせなさい」

「はい」

佑多も、喜んで電話へ行く。

「すみません、すみません、ありがとうございます」

昌子は、泣いてしまった。

「昌子さん、進君の好きなもの何？　あれやこれや食べたいと思っていたでしょうよ」

「すみません。進は案外好き嫌いはない方ですので、何でも」

佑多が戻ってきた。

「春美君も喜んで来るよ」

「そりゃよかった」

春美を大好きな顕士郎も大喜びだ。

「佑多、進さんの好物の夕食のことなんだけど」

「進君は寿司が好きな筈だ」

「じゃ、それにしましょう。それにビフテキ付けたら、食べたいだろうよ」

「私も、お祖母《ばあ》ちゃんもビフテキは喜ぶ」

「お祖母《ばあ》ちゃん、現代的なのね」

「お祖母ちゃん、魚の生が駄目。寿司も刺身も」

「そうお、それじゃ寿司でなく……」

「いいの、かんぴょうと玉子焼きなら好き、それに肉もある」

伶子が、昌子に説明する。

「伶子さん、その寿司とビフテキは、私に揃えさせて」

「いいの、いいの、気を遣わなくっても」

「でも、それでは」

「その代わり、仙台に行った時はご馳走になるわ」

佑多は下に寝て、上は伶子と昌子だけにした。女同士の話もあるからとの伶子の計らいである。

「昌子さん、進さんとはうまくいっているの?」

あの秘密に触れた。

「まあね、あの子が暴行したのは、女に興味の多い父親の血が濃いのか、つまり好奇心だと思うの」

「それは男性共通の病気と、セックスの強さだと思う」

「進は体格もいいし、小さい頃より父親の乱れを見ているからよ。佑多さんの純情とは違うの。仕方ないと考えるしかないわ」

「それはわかる。お祖父《じい》ちゃんがあなたに、子供の愛にどう対応したかと聞いた時、まさか本当のことは言わないにしても、どう答えるかと、少しヒヤヒヤしていたわ」

「私も何と答えたらよいか、詰まって必死で愛したと言ったけど、心の中では究極の愛と言いたかった」

「それよ。究極の愛? その言葉私も考えた言葉よ」

伶子が、驚いたように言った。

「本当?」

「二人が同じ言葉を考えるなんて……。けど私は人が何と言おうと、私の場合その言葉通り、最後の最高の愛と信じてる。人間が子供に一番教えないのは、セックスでしょう」

「そうね。でも最高の愛といっても、胸を張れるわけじゃない、秘中の秘と隠さねばならないけれど、ほかにも実行してる人、いるんじゃない？」

「いる。いると思うわ。息子の性の暴走は、母としてこの方法が一番早く治められるから」

伶子と昌子は、己れの秘密を、言葉と裏腹に不安を隠す自己満足論を交《ま》じえて、眠りについた。

19

翌日、進の母昌子、佑多と母伶子の三人は、少年院に行く。父の光一は姿を見せない。親権は父にあるのだが、昌子に任せた気なのだろうと考えるほかない。昌子は緊張している。進が法廷に入って来る。やはりやつれている。昌子はハンカチで目を押えた。母を探す目が止まった。一瞬驚きの表情で、足も止まる。促されて席に着く。判決は、暴行という女性に与えた罪は許しがたいが、身体の他の部分に障害を与えなかった点と、初犯で一回の行為である点、矯正によって将来の人間性が立ち直ると認め、一年間の保護観察処分とするというものであった。寛大な処分に、昌子達にホッとした表情が流れた。解放されて廊下に出た進に、佑多は進んで握手を求めた。

「よかったな。元気を出して、名前通り進さ」

「ありがとう。僕もいろいろ考えた。出直すよ」

「今夜は、寿司とステーキでの歓迎パーティーだ」

「こんな迎え方されて嬉しいよ」

進はハンカチを取り出し、目を拭きながら、

「佑多君、おばさん、お母さん、ありがとう」

と頭を下げた。

ＪＲへ乗る前に、昼食を済ました。

家へ着いた。春美が真っ先に迎えに出た。

「進君、元気そうね。よかったわ」

進は春美まで来ているとは思わず、びっくりした顔を崩すのに時間がかかった。

「進君、よかったな。少年院に入ると、それなりの箔が付く。君は若い。一年や二年遅れ

ただけだ。十分取り返しも出来るし、追いつくことも、追い抜くことも出来る。それに人間は、短期間に腕を上げることがある。オリンピックの柔道や水泳、その他の競技でも、先輩を破って選手になる人もある。わかるだろう?」

「はい」

進は大きく頷いた。

「君は、高校三年へ戻ることも出来る。嫌なら検定で、大学受験もやれる。それとも、学校より何かの技術で身を立てるか、君も考えてきたろう。お母さんとしては、何か考えていますか?」

「今まで手紙の往復で、そのことを進がどう考えているかの返事は、まだ迷っているようにみえますが」

「それはそうかもしれない」

「これからは、大学を出なくても、実力競争の時代になるでしょう。進はこの点、パソコンやコンピュータなど、学校の成績に関係ないものに興味があり、まあクラスの中では人に負けぬかと思いますが」

「そりゃいい、その点うちの佑多は、自分で諦めてる。私は心配してるんですが」

「また私の実家では、一人の兄が自動車修理工場をやっていまして、俺のところで働かせろと申しております。兄には子が無いので、将来のことを考えているようです」

「それはまたいい話じゃないか。進君は恵まれている。進君の気持は?」

「僕は機械いじりが好きですので、そこで働くのもいいなと思いました。けれどコンピュータもやりたいと思う気持も強いのです」

「僕はコンピュータや機械類はまったく駄目。その上英語も嫌いで、進君が羨ましいよ」

「お前は、現代の異端児なんだ。将来心配だな」

佑多の将来は、祖父の心配するところだった。言葉がそれを表わしている。

「進君は、いい叔父さんを持った。早く結婚出来る条件もある」

春美が果物を持ってきた。

「進君の仙台、私、興味があるわ」

「どんなとこ?」

進が聞いた。

「何か詩情を感じるの。七夕は有名ね」

「僕はまだ行ったことはないし、案内するところ研究しておくよ」

「僕は、伊達政宗に興味がある。青葉城、名が良いし、前に読んだけど、政宗の廟には哲学があるらしい」

「卒業記念に行きましょうか?」

「うん、それもいいな」

春美の提案に、佑多が賛意を表した。

「ぜひそうして。それまで進も私も、仙台のことよく調べておくわ」

昌子は、春美の手を握った。

祖母は、ただ笑みを浮かべている。

立って行った春美が戻ってきて、風呂の用意が出来たことを告げた。初湯ではと断わったが、祖父と祖母は寝る前ということで、進と佑多が二人で入った。

松谷家へ来ると、客は皆びっくりする。大東亜戦争の戦時成金が、山を買って材木を確保したという家で、昭和二十三年の建築。二十三年といえば、米国の飛行機の爆弾で焼野原が至る所に見られ、トタン板で囲ったバラックの家の時代だ。柱の材質は杉材であるが、市長選の対抗馬に出た候補者が、土木に関係した人で、初め天井を仰いで、この家はと唸った。天井板は、節無しの杉板で、客間の床の間は、東京の料亭でも見られない九尺に三尺の欅《けやき》の一枚板、畳は床の間に合わせて九尺、襖も障子も漆塗り、廊下に出れば六間（十メートルあまり）の頭も尻も太さの同じ通し丸太の組み、近所の人達は文化財と呼んでいる。三百二十坪（千五十平方メートル）の敷地に、この最初に建てた軍需成金の家を買った二代目の株屋が、洋間や納戸を建て増しした。その八十坪の建物を、顕士郎が買って、祖母と二人になっては広いので、最初の建築に戻し、台所の上を二階にして、百三十坪（五百三十平方メートル）の現在地に移築したものであった。中でも風呂場には力を入れ、屋根にソーラー三基、さらに深夜電力で、一日中湯を使えるようにし、浴槽は二人がまるまる入れる。初めて家を見た進は、溜息をして、「すげえなあ」と言った。二人は、ゆっくり湯に浸った。

風呂から上がると、お祖父《じい》ちゃんは私の一生を聞かせようと、話し始めた。

お祖父《じい》ちゃんの、小学校から中学校時代の話は、佑多や進の興味を呼んだ。昔の小、中学校は、お伽話の中の学校と感じたと感想を述べた。そして、これから大学へ進む前に、祖父は進に聞いた。

「進君、私の人生の中で、学校とはどんな関《かか》わりを持ったか、それを考えてほしいと思う」

「ありがとうございます。緊張して聞きます」

「いや、何も緊張して聞かなくてもいい。佑多のお祖父《じい》ちゃんは、こんな話をしたっけと何かの時思い出してくれればよいのだ」

「進君、お祖父《じい》ちゃんの話には、とても大切なことが含まれているの。私、ずいぶんいろんなこと教えられて、大人になった」

「進君、春美ちゃんの言う通りだ。校長や先生の話より、ずっとためになる」

「そう持ち上げなくてもいいよ。日大の話からだったかな。予科へ入って剣道の道場を覗いたら、とても弱そうさ。大将は初段の僕以下さ。これは居心地がいいぞと、剣道部に入った。だからどこの大会に出たって、勝てるわけがない。三年になって、剣道委員に任命された。委員とは、昔の小、中学校にあった級長、責任者というか、実力者でなく世話役さ。

法学部には英法学科と独法学科があって、英語嫌いの私がなぜ英法学科を選んだか。今思い出そうとしてもわからない。広く一般に偉そうに思え、就職にはここがいいというくらいの理由だったかもしれない。

すると、私にその英法学科の学生委員の辞令が渡された。私が正委員、学部の代表者として、学校や学部の決め事や行事に参画し、副委員がクラスのまとめ役となる。そんな組織内部は全然知らないし、初会合がいつだろうかと思っていると、私の正委員反対の猛烈な騒ぎとなり、外から「お前、排斥されてるぞ」と耳に入り、何で私が排斥されるか、まったく面喰らった話だった。そのうち真相がわかってきた。つまり法文学科の学生委員は、予科の学生委員が当然就任することになり、剣道委員からなるのは、筋違いということだ。私はなりたくて手を挙げたわけでもなく、一方的な大学任命がなぜ私に下りたかのわけは、予科にいた時、学生委員が中心となって、学監の排斥運動が起こった際、そうしたことは嫌いで、排斥運動に参加しなかった私にお鉢が回ってきたということだった。

最終的には総長、当時は山岡万之助という貴族院議員でも高名な方で、その総長の「松谷を任ぜよ」との鶴の一声で、問題はケリとなった。さて、学生委員になったものの、一年の時は先輩委員から口を利いて貰えなかった私も、二年になって、英法、独法二科で構成する学生委員の常務委員となると、三年の委員代表も私を理解したとみて、常務として、次の代表委員になる仕事をさせるようになった。そして三年生になった。私が英法の委員代表になることは、当時中学、高校を含めた、オール日本大学三万人の学生総代となることで、オール日大が集まる時は、学生総代の答辞がない時は、日大の大学旗を持ち、答辞があれば、総長の前で日本大学学生生徒代表松谷顕士郎と答辞を読んだものだ」

「お祖父《じい》ちゃんは、偉いんですねえ」

進が目を丸くしていた。

「私、その頃のお祖父《じい》ちゃんに会ってみたかったわ。ねえ、進君のお母さん」

と春美が言う。

「本当、素敵な男らしい学生だったでしょうね」

「今は歯も抜けて、皺だらけな老人だが、昔はそれなりに素敵だったと思うが、大学時代は、女友達すら一人もいなかった」

「嘘！　大学時代は青春真っ盛りの時でしょう」

「今ならね。当時はもう戦争の足音が聞こえて、大学生も奉仕隊をつくり、頭は坊主刈り。学生で応召、すなわち軍隊に召集される人もあり、私の卒業した昭和十六年、紀元二千六百一年の十二月八日、太平洋戦争の起こった大変な時代だったのだ」

「本当？」

春美の生まれる四十年以上の前の話に、頭の整理が大変になってきたらしい。

「話は、大学時代を済ましてしまおう。私は大学時代は、本当に勉強しなかった。法学界として、各大学の法学部委員が集まり、一つの法的事例について討論会を開いたり、二千六百年を控えての行事、日比谷公会堂で日本大学祭を開いたり、そうしたことには天性かな、私は全開したが、勉強の方は、法律の講義はかなり欠席したし、先生の中には「松谷は忙しいから、点数五点負けてやった」と、公然と講義中に言ってくれた先生もあって、私は卒業時優等賞状を頂いたが、勉強で優等生になったわけではない。学校がお礼に優等生の賞状を下さったものと思っている。その例が、私は学費を十分に送って貰ったものでもなく、バイトはしなかったが、本が買えず、そのことが今でも本がないので試験に落ちて、親父にどう謝ったらよいか、不安の夢を年三、四回見る。目覚めてホッとするが、落第という現実への不安が今でも心の隅に残っているのだろう。大学時代の楽しい夢はまったく見ないのに、落第とか留年の不安の夢を見るのを不思議と思っている

「僕なんか、学期試験にヒヤヒヤしても、そんな夢見たことない」

「佑多、それはあんた、根がのんびり、甘え屋だからでしょう」

伶子が、佑多を冷やかした。

「僕も見ないな」

進の言葉に、昌子が冷やかした。

「お前は、図太いからよ」

「私の言いたいのは、大学は確かに勉強する学問の府だ。しかし私の場合、勉強しなかった。法律というものも、今でも恥ずかしいほどわかってもいない。社会に出ても、私には別に必要なかった。そこで私の結論は、私の場合だよ。大学とは常識を勉強するところだと思っている。進君も佑多も、大学をどうとらえるか。それは自分で決めることだ」

「僕は、お祖父《じい》ちゃんの考えに従う。それなら僕も大学へ進みたい」

「佑多は、常識の勉強だといって、講義に出ないで、あちこちふらふらしているんじゃないでしょうね」

「わかりません。その時にならねばね」

佑多は、母をはぐらかした。

「いいさ、もう自分で考える年になっているんだし、大学をどう扱うかで、得したか、損したかは、自分に返るのだから。大学の話はこれくらいにして、もう一つ話しておこう。小学校は男女同数の計三十六名、中学は男だけの同窓生二百三十名、その人達はどうなったかという話に移る。中学の卒業一番は、最近にない俊才と言われ、東大に進み、将来を嘱望された。また中学三年で微分積分も終り、教師より数学のすごいのがいて、物理学校へ入った。小学校の同級生で一番仲の良いのは、地方新聞社の社長で、日本でも俳句で知られた人の伜で、血を引いたか、秋田の俳句をまとめていたが、今はその仲間と離れて、一人になったらしい。

前に述べた中学一番や数学の天才で期待された人は、官界でも民間でもその後名を聞いたことがない。とにかく小学校、中学校の仲間で、どの分野でも一人も世に知られた人が出てこない。私は公務員になったが、途中横道就職のために偉くなれなかった。公務員を辞めてから、行政評論では、単行本も出し、月刊誌にも書き、週刊誌にもコメントを出すなど、少しは全国に名を出した。また私が汚職講義をした某市の総務部長が、汚職逮捕等当時官界は乱れても世間の反応なく、それで評論活動を止めて、シナリオの勉強をするようになった。そして平成三年に第一回菊地寛ドラマ賞を頂き、翌年歌舞伎座の団菊祭で、団十郎丈と菊五郎丈によって上演され、その後利休物二冊を刊行、そのうちの一冊「利休九つの謎」は、全国図書館協会の選定図書になるなど、死後も名を残すことが出来た。この私の話は、自慢にしたのでない。小学校の時の希望の政治家は沈み、戦後の平凡な公務員生活では、精一杯働いたが、組織の壁で出世は出来ず、思わぬ趣味文筆の世界で、小学、中学の仲間の中では、一番実を結んだかなと思っている。私の生涯の中では、確かに運というものもあるが、人が遊んでいる時、私が懸命に努力した甲斐が、私を支えてきたと断言出来る。それも県の業務が暇だったことで、今でも感謝の念と私の幸運だとの重いが深いが、進君は大学なり、技術という社会のどちらを選ぶか知らないけれど、運は先にはわからぬもの、努力の中に運があることを知って欲しい。七十まで生きるとして、これから五十年、今の二、三年の遅れなど、取るに足りないものだ。但し、これからの五十年は、苦しいこともある。悲しいこともある。そして嬉しいこと、楽しいことも、自分で取ってこれるのだ。先の楽しみを見て、進君、頑張るのだよ」

「お話を聞いて、僕はやる気になりました。人生という広い世の中で、自分で精一杯動いてみるのが楽しみになりました。ありがとうございました。佑多君、ありがとう」

「よかった、お祖父《じい》ちゃんに会わせて」

「本当に進に魂が入ったと思います。今夜のことは一生忘れません。ありがとうございました」

春美とお祖母《ばあ》ちゃんの焼いている肉の匂いがしてきた。寿司屋から大きな桶が、三つ届いた。

「さあ、食べなさい、食べなさい」

と勧める。

「元気一号の燃料だ。腹一杯詰めよう」

佑多に言われて、進は落ちそうになった涙を押えた。

祝いだからと顕士郎は、自分は酒類は一切駄目だが、ビールを二人の母親に勧めた。

「おめでとう。進君の将来を願う酒だ。君達はビールを飲めるだろうが、ジュースだ」

「ありがとう存じます。進、お祖父《じい》ちゃんに会えてよかったねえ」

「はい。僕の世間を舐めていた根性、必ず潰して再起します」

「いい返事だねえ、私も君に会えてよかった」

「進君、君もお祖父《じい》ちゃんの弟子になるといいわ」

「そうします」

進は、言下に言った。

「月に一度、仕事があるから二カ月に一度でもいい。私達の来る祖父塾の日に合わせて、東京へ来たらいいわ」

「僕、そうする」

昌子は涙を拭いた。進が本当に自分の胸に帰ってきたことを感じた。

春美は、お祖父《じい》ちゃんとお祖母《ばあ》ちゃんのところに寝た。佑多と進は客間に寝て、伶子と昌子は昨晩のように二階に二人きりとなった。風呂から上がり、布団に入った。

「昌子さん、疲れたでしょう?」

「ううん、体がシャンとして、もっと貴女と話したいの。いい?」

「いいわ」

「私ね、お祖父《じい》ちゃんの言った、子供を見るのは母親の役目。それで人間は男と女が区別されている。戦時中でも現代でも変らないと言った言葉、心にガチンと応えたわ」

「そりゃ私達みたいに、母子家庭になれば当然だけど、外で勤めて働くサラリーマンも、家で働く人でも、働くために朝晩しか子供に接する機会のない父親に、テレビで無関心だの、サインを見落としていると責めるけれど、やはり子供は母親が全責任で見るのが当然だと反省したわ」

「私、息子でよかったわ。もし、女の子がぐれたら」

「私も気づいてはっとなった。私、お祖父《じい》ちゃんの話聞いて、自信持った」

野良ネコが八匹子を産んで、一匹が家の中に迷い込んでいた時、午前三時にお祖父《じい》ちゃんが気がついて玄関に追い出すと、祖母さんネコと母ネコが座って玄関の前で待っていた話。胸にグサッと刺さった。母親だから深夜でもほかの子を置いて待っているんだと、つくづく思った。その時、父親はどこかでグウグウでしょ。父親がいようといまいと、母親は全身で子を見なければいけない。そう思った」

昌子がしみじみ言った。

「母は男の子を救えるけれど、父親は女の子を救えない。再婚した連れ子に迫る男の話は聞いたけど、実の娘が父親にそうされたら、父親が狂ったと思うし、家出か自殺してしまうと思う。私達は、究極の愛の宣伝者でも、親子問題を研究する学者でもない。自分の息子だけを考えればいいの。私はそう割り切って、ほかの事は考えないことにしている」

「それは私もそう思うことにしている。けど、貴女に話して、重荷を払いたかったのよ」

「息子のことだけを考えましょう」

「はい、はい」

「さあ眠りましょう」

昌子と進は、東京を離れた。

昌子は仙台の兄に電話して、明日帰ると連絡した。昌子は飯坂温泉で降りた。静かな旅館に宿をとった。

夕食後、進は部屋に付属している家族風呂に入ろうと言ったが、昌子は大浴場にゆっくり入りたいと、渡り廊下を歩いた。

昌子は、進が部屋に戻っても、かなり長い間湯に浸《つ》かっていた。今夜の進のセックスの興奮度はわかる。落ち着かせたいと思ってそうしているのだが、かえってイライラして、温度が上がっているかもしれない。

部屋へ入るなり、

「ゆっくり過ぎるよ」

と怒った声だ。進が近寄って来るのを、

「化粧するから、少し待って!」

鏡の前で髪を直し、化粧水を叩《はた》く。

「そこにパジャマを出してあるでしょ。それを着て」

「いいじゃないか。浴衣だって」

「洗ってあっても、他人の着た物は何か嫌。パジャマに着替えて」

昌子は、新しいパジャマを用意していた。おそらく進は汗を出すだろうし、自分もそうだ。汗にべたついた浴衣を、女中に渡すのが嫌だった。

昌子が布団に入ると、進が飛び込むように入ってきて、

「ママ」

と力一杯しがみついてきた。体が震えている。もう夢中で、乱暴になるのがわかる。昌子は、その進を仰向けにして、パジャマのズボンを下げた。

「あっ、ママ、だめだめ、そこは、もう……」

言葉にならず、首を振って悶《もだ》えた。

半分叫ぶような、悲鳴を上げて果てた。

体に力が戻ってくるのに、時間がかかった。進が向きをかえて、昌子の体に手をかけた。

「進、私を裏切らない?」

「うん、裏切らない、絶対に。本当に考えた。ママに恩返ししなくちゃ。僕いい子になる」

「進の言葉を聞いて、安心したわ」

昌子は、進の頬にキスをした。進は昌子の頭を押さえて、かぶりつくように唇を吸った。

昌子の燃えた体から、炎が吹き出した。

昌子も、ゆっくり堪能した。

明け方になって、また汗でパジャマが濡れた。汗を拭いて、宿の浴衣に替えた。

二人は、午後仙台に戻った。進には初めての母の兄の家である。兄の工場は予想以上に大きく、明るく整頓されていて、進は気に入った。昌子の兄幸太郎に、進は温容で優しい雰囲気を感じて、この工場で働くのもいいなと思った。コンピュータは、合間に講習を受ければいい。進学するより、早く勝負がつくと考えた。

進が保護観察を受ける観察司は、仙台の蒲鉾会社の社長で、翌日伯父の幸太郎が付き添い、社長の家で面会した。観察上の指示と注意を受けた。

兄は、昌子に工場の裏手にある家に住むように言ったが、自立を進に教えるには、別に住み、進が嫁でも貰えばお世話になりますと言って、アパートを借りた。進は進学はやめて、伯父の工場で働きたいというので、伯父も喜んで迎えた。伯父には子供がない。うまくいけば、身内の甥に渡せるかもしれない希望が伯父にも出てきた。

その報告が昌子から届いて、伶子も佑多もこれからも昌子母子《おやこ》と友達でいられると喜んだ。

伶子は、舅、姑がまあまあ動ける状況で、ヘルパーが週三回入ってくれているのを幸い、今のうちに自分もヘルパーの講習を受けようと決心した。それを聞いて、舅は、

「それはいいことだ。私の足腰が駄目になったら、伶子さんの世話を受けるのはありがた

い話だが、今後さらに老人天国となり、体の不自由な人や病人は増えるばかり。ヘルパーはますます大事になる。伶子さんがヘルパーになるのは、私は大賛成だ」

舅も大賛成と言うので、伶子はその講習会に出席することになった。

昌子と進が帰って一カ月近く、春美の父の徳次郎が、顕士郎に相談があると尋ねて来た。東京にいた春美の姉秋佳と、同居していた和田哲の姿が東京から消え、行方がわからなくなっていたが、これも姿を消していた友人の秋川が、偶然徳次郎をみつけ、秋佳を探していると聞いて、二人は神戸にいること、ただし二人は罪を犯し、刑務所に入っていると告げた。徳次郎は、さっそく刑務所の秋佳と和田に会ってきたことを知らせに来た。そして秋佳に対する親の立場など、顕士郎の意見を聞きに来たのだった。

「そりゃよかった。罪といっても、同情するところが一つもないのと、それは仕方がない、無理もないと同情出来るものとがある。人間はいじめられ、あるいは騙されて、平気で笑っていられるものではない。腹が立つ、仕返ししたいと考えるのが普通だ。検察にも人情があり、同情がある。それが六カ月という短い刑期で済んだのではないか」

東京でやばくなった二人は、あちこちで腰を落ち着けようとしたが長続きせず、神戸で男はラーメン屋に勤め、秋佳も食堂や販売などのパートをしてきたが、秋佳の三歳の娘の手術代にからんで、罪を犯してしまった。子供を産んで一年も経たぬ時期に、子供を育ててくれと父親の店の前に捨てて行こうとした秋佳であったが、秋佳も哲も親の感情を持つようになり、神戸に住んで二人は真面目な人生を歩もうとしていた時、心臓に異常のある娘は、手術しなければならなくなった。

ちょうど勤めていたラーメン屋の主人が、危いところから金を借りて返済の時期にきて、三日後信用金庫が金を貸すことになっていると、哲に泣きつき、哲は仕方なく貯金全部の三十万ちょっとを貸してしまった。娘は手術しなければならず、緊急入院した。ところが貸した金は、信金の話は嘘で、返ってこない。主人と哲は喧嘩になり、主人が包丁を振り上げたので、哲はラーメンの湯をぶっかけ、主人は胸、手、足に火傷し、救急車で病院へ入院となった。

一方金をつくらねばならぬ秋佳は、男を誘ってホテルへ、男が風呂へ入っている隙に、金を盗んでドロン。病院の患者に親切にし、車椅子を押して食堂へ行き、ベッドから金を盗み、それらが一切バレて刑務所行きとなった。

裁判官も事情を察し、夫婦共に六カ月、同じ日に出所の粋な計らいとなった。

徳次郎は、二つの刑務所を訪れ、手術後施設へ入っている子供を、家に引き取ることを提案した。秋佳も哲も、昔と変って素直になり、真面目な人間に立ち直る意欲を見せた。

「前科者とはなったが、いい話じゃないか。秋佳さんには、十分詫びたかい?」

「はい、はい。目先の働きにだけ目をやり、秋佳には何一つ親らしいことをしてやらず、悪い親でした。これから遅蒔きながら、秋佳や男、そして娘を家族として迎えてやります」

「その気持ちは、秋佳さんに通ずるだろう」

「ただ春美の結婚には、不利なことになりますが」

「何、そういう家や男なら、こっちが願い下げにして、春美さんなら、きっといい人に巡り合うさ。佑多に聞いてごらん。問題にしないだろう」

「ありがとうございます。それで実は、隣の文具屋が廃業して、店が売りに出ました。そこを買っておこうと思いまして」

「何にする?」

「実は昔と違い、八百屋もやりにくくなりました。私の代で潰すのは構いませんが、秋佳夫婦に何かやらせようと思いまして」

「それはいいな。何がいいかな」

「今度孫を引き取る時に相談してきますが、外食産業とまでいきませんが、お菜物、天麩羅や煮物を並べてみようかと思いまして」

「いわゆる、お袋の味か……」

「はい、うちの奴は、商売柄野菜の煮つけはいい味ですので」

「そりゃ面白いじゃないか。テレビで見たが、コロッケが評判で何百個も売れてるのを見た。お宅の前の道は勤め人の通り、外食物はますます盛んになる」

「ありがとう存じます」

「よい話を聞いて、私も嬉しい。そうだ。お孫さんを引き取りに行く時、春美さんも行くんだろう?」

「はい、その積りです」

「その時お孫さんに、縫いぐるみをあげよう。今は熊ちゃんが人気らしいが、後で佑多に春美さんと打ち合わせをさせよう」

「そこまで気を遣って頂いて、恐れ入ります」

いい話を聞くことは、楽しいことだと顕士郎は、ヘルパーの講習から帰って来た伶子と、学校から帰ってきた佑多に、徳次郎の話を告げた。佑多は、早速春美に電話し、孫娘の入っている施設に電話して貰い、孫の好きな縫いぐるみは熊とわかり、休みの日に買いに出かけた。

新年度になり、野菜組合の新役員に、小栗徳次郎が新しく選任された。徳次郎は役員会後顕士郎の講演を提案していた。演題は「これからの世の中」として、現代を一言でいえば世の乱れの本質を、持論の文明文化の復讐と説いた。

「確かに先生に言われてみれば、確かに適切な言葉だ」

「私らには、その言葉は考えつかなかった。世の中便利になれば、その代りそのための被害があること、簡単なことがわからなかった」

講演の後、質問が出て顕士郎が答えるわけだが、

「私は経済のことは、まったく零だから、皆さんへの答えは、皆さんを納得させせないかもしれませんが、素人としての考えを申し上げます」

と前提して、景気はいつ回復するのかということに対しては、

「学者の見方もそれぞれ違いがあるが、景気はまだ当分戻らないのではないか。商売の方はじかに自分の体を襲っているのが物価の値下がり。ハンバーガーが半分の値段となり、

丼物が三百円を切った。衣料品も千円、二千円で結構着れる物の店が流行っている。これで儲かるのだろうかと思って食べており、どんな仕入れをするんだろうと不思議がりながら袋一杯に膨らまして買っている。庶民には、デフレ傾向でありがたい世の中だ。そしてそれらの店が、店でも驚く程の利益を上げている。景気が良くなるとは、一般庶民に金が回ることだが、庶民が当てにした銀行利子は、タダ同然。こうした日本の財政破綻を起こした元凶の銀行だけに、相変らず何兆円と注ぎ込んでいる」

「そうです。おっしゃる通りです」

と聴き手の中から声が上がった。

「一流銀行や一流証券会社の社長が引退してからの言動を聞いて、何て言ったか忘れたが、庶民から偉い人と思われていた人が、預かった庶民の金を自分の金のように思い、自分の社長としてのミスにも十億近い退職金を平気で懐にしている。こんな人間だったのかという思いが強い。日本の土地下落による景気の破綻は、アメリカでも起こっているのに、それを気づかず研究せず、銀行さえ立ち直れば日本はよくなるとしか考えない官僚の罪も大きい。もし庶民に銀行が三パーセントの利子を出したら、庶民の金は銀行に集まる。その集まった金で不良債権を自分の金で清算し、政府は金を貸した企業に利子補給したら、世の中の金は回転し、元気づくと思うのだが、これは素人の口滑りと、聞き流して欲しい」

「いやいや、それが本当の庶民の願いです」

「先生はいいことを言われる。私も先生の論に大賛成だ」

委員達にも、何か元気の出た雰囲気になった。次にITの世の中になったら、どうなるかという質問である。これも顕士郎には、苦手も苦手、コンピュータやパソコンは、初めから苦手と考え、今から習う気なんかさらさらない先生だ。その前置きで、

「これは誰も次の世の中はこうなると、つまりパソコンが全家庭で何パーセント利用して、すべてが便利になると数字は挙げるが、IT関連会社の社長も、ITで日本の昔の世界二位の経済を取り戻すという政府も、その世の中の人の心がどうなるかはわからないと思う。とにかく銀行や証券会社、買い物は店に行かずに家庭で済めば、多忙の人には結構な話だが、対人関係が今以上に薄くなれば、果して人間社会にどんな影響を及ぼすだろうか、人間は相手と会ってその人の心を知り、感情を受け取るものだが、それでも世の中は騙す人、騙される人が多いが、早くもインターネットの『出会い系サイト』で知り合った女性が殺された。このメル友は、付き合い方の下手な人間が求めがちで、男は女性と性愛関係に持ち込めると思い、女性にもそうした人がいるかもしれないが、初めから男に要求されたら

抵抗する。男は暴力を振い、あるいは警察に訴えられたらまずいと殺してしまう。犯人は携帯電話から探れたが、もしメールで待ち合わせの時間を知った男が、相手になり済ませることも出来る。殺人事件が、メールという簡単な操作から起こったことは、ＩＴ関係者は予想もしなかったことではないだろうか。隣同士ともインターネットで、人間同士の触れ合いがなくなれば、世の中はますます殺伐となり、人情や思いやりが薄れていくのは自然だと思う。すると人は、何かの方法で人か、人の代りのものを探し出すことでしょう。

私は人との接触がなくなった分、旅先で知り合いを得たい人の旅が増えるだろうと思う。朝から晩までカチャカチャと大人も子供もやっている時代、嫌ですね。もう一つ人間に代り、ペットを飼う人が多くなるかもしれない。そうしたら、飼い切れなくなって捨て犬や猫、その他ペットと言いがたい人の嫌う動物や爬虫類などの投棄が増えるのでないかと思う。インターネットの普及による文明の復讐は、必ずあると思わねばならないことです。昔を思い出してみましょう。今は人や天の災害や事件に慣れっこになりました。

昔は子供の殺人なんて一人もなかった。火事で大きな家が焼けても、死ぬ人もいなかった。交通事故もまずなかった。この静かな日本がこう変ったのです。そういう文明の復讐を予防するのが、政府の責任です。列車が三十分早く着かなくなっても、いいじゃありませんか」
大きな拍手で、顕士郎の話は終った。呼んでくれたハイヤーに、いろいろとたくさんのお土産を積まれて、浦和へ帰った。顕士郎にも、嬉しい日だった。

＊　＊　＊

この家族の将来はどうなったか、簡単にまとめておく。このままの終りでは、私もすっきりしない。

佑多一家は、団欒一家だ。祖父の松谷顕士郎は、動かぬ体で細かい家事をやり、目が覚めると、今日は何を作ろうと料理が楽しく上手になったが、祖母は痴呆が進み、手に渡した物はたちまちなくなり、目の前にある物もわからず、松谷斎貞無女の術はますます上がったと、半ば投げている状態である。伶子は週三日程ヘルパーとして働き、佑多は勉強に力を入れ、出来たらどこの国立でもいい、官僚に狙いを定めた。佑多は官僚になるけど、局長だの部長だの偉い位置の人にならなくていい。祖父のようにへそ曲りで、国民の気持を汲む役人になりたいと思っている。そして母伶子との関係は、世間に極秘の「究極の愛」の中で育っている。

金足進は、伯父の自動車修理工場で、働いている。コンピューターは、暇な時に習い、進学は諦めて、伯父の言う通り、養子になって、この仕事を継いでもいいと思っている。母昌子との「極致の愛」は、母ほど自分を満足させてくれる女はいないと知って、ほかの女には目もくれない。もっとも仙台に美人が少ないのは、昔紺屋高尾という花魁《おいらん》が、伊達の殿様に殺されて、その怨霊から美人が生まれないのだと語り継がれたことを、本当だと思い込もうとしている。

八百屋の徳次郎は、姉娘の秋佳と夫の和田哲を引き取り、買い取った隣を総菜屋とし、若い夫婦にやらせている。幸いおいしいと評判で、店は結構繁盛している。

春美は、秋佳の娘由美のお守りをしながら、高校を卒業して看護婦になるか、大学へ行こうか、まだ迷っている。

（終り）

あとがき

私は、大学在学当時、歌舞伎座や浅草の演劇、新宿のムーランルージュを見て歩き、小説家にはなれないが、シナリオは書いてみたいと、年鑑シナリオ集や作家の戯曲集を読み、埼玉県庁の職員になってからも、本を師として独学を続けた。

安保の年、知己を得た大映のプロデューサーより書いてみろと渡されたのが、日赤の産婦人科部長著の『性生活の知恵』という日本の性解放の本であった。謝氏のお宅で色々ご指導賜り、結局オムニバス形式の筋で映画は完成した。

昭和十七年頃、雑誌「東宝」の第二回菊田戯曲募集に応募し、私の「酒蔵三代」は候補作となったが、菊田賞は二回で打ち切られ、当選作なしとの無情の結末となった。若し当選していたら、私は一角の劇作家、演出家になっていただろう。

私は若い頃、歌舞伎座の「千姫と出羽守」を見て面白くなく、私ならこう書くとシナリオを書いてきたが、平成三年第一回菊池寛ドラマ賞に戯曲に直して応募。それが受賞され、歌舞伎座で団十郎、菊五郎両人によって上演され、若き日の夢を実現した。

私が多くの史料の中から人間を追求して書いてきたのが「坂崎出羽守」や「千利休」「酒

蔵三代」などである。今回、十七歳少年の秘めたる悩みを聞き、友人より聞いた一家の構成からヒントを得て、初めて私は小説を書いた。これは母子相姦に正面から取り組んだ初物だろう。私が『性生活の知恵』に初めて筆を取った妙な因縁を不思議に思う。親が子供に教えるもので、一番触れがたいのは性である。母子相姦は獣の世界では常時あること。人間も動物であるが、人間の知恵として異端視するのである。それを私は破った。大方の非難があるであろう。

私は肉慾小説家になるつもりはない。今後は昔のように、史料の中からその人間の本当の姿を追求していくつもりである。

二〇〇二年四月　　　　関口多景士

著者プロフィール

関口　多景士（せきぐち　たけし）

本名・関口　健
大正５年　秋田市に生まれる。
昭和16年　日本大学法学部卒業。
平成３年　「意地無用」で第１回菊池寛ドラマ賞受賞。
〃　４年　歌舞伎座団菊祭で上演。
主な著書に『利休切腹』（近代文芸社）、『利休九つの謎』（同・全国図書館協会選定図書）がある。

十七歳－その究極の愛の体験

2002年６月15日　初版第１刷発行

著　者　関口 多景士
発行者　瓜谷 綱延
発行所　株式会社 文芸社
〒160-0022 東京都新宿区新宿1-10-1
電話　03-5369-3060（編集）
03-5369-2299（販売）
振替　00190-8-728265
印刷所　図書印刷株式会社

ISBN4-8355-3734-3 C0093